「私は社長の秘書兼
マネージャーのような者だと
お考えくだされば と存じます」
（あれ？
何、この緊張感）
「ふーん、この人たちが
お兄さんの従者ってわけ」

護衛任務のはずが何故かショッピングデートに!?

「二人は本当に相性がいいね」

「堂杜さん、大丈夫ですか」

三千院琴音
さんぜんいんことね

入家の大祭で仲良くなった秋華が心配で黄家へ。秋華に引っ張られる形で、祐人への気持ちを表に出していく。

堂杜祐人
どうもりひろと

入家の大祭をきっかけにその強さを知られ始めたDランクの少年。秋華の護衛任務を受けて、黄家にやってくる。

「お兄さん、まだまだ買い物するわよ」
黄 秋華
こうあきはな
入家の大祭で知り合った
悪戯好きの少女。
護衛依頼ということで
祐人を呼んだが、どこか
様子がおかしい？

「護衛の役割もあるとか聞いたが、まあ……及第点か。
生意気な目を俺に向けたのはまけておくぜ」
王俊豪
おうしゅんごう
機関最強の一人である、
ランクSSの能力者。敵に
一瞬の反撃も許さない
戦いぶりから、【天衣無縫】
の二つ名で呼ばれる。

魔界帰りの劣等能力者

11. 悪戯令嬢の護衛者

たすろう

HJ文庫
1088

口絵・本文イラスト　かる

Contents

プロローグ

世界有数の大都市である上海は梅雨も明け、まさに連日の猛暑に見舞われていた。しかし、それでこの街のパワフルさが損なわれることはない。

世界中から観光客やビジネスに携わる人間たちが絶え間なく訪れ、市内の幹線道路は常に渋滞問題を抱えている。地価は想像を絶する高さであり、上海市の中心部に住めるのは限られた成功者のみだ。

今、上海市郊外へ向かう車の中で王俊豪は気だるそうな表情を隠さずに広い後部座席の背もたれに体を預けた。筋肉質で身長百八十五センチを超えるために広々とした車内が狭く感じられてしまう。

「あー、もう帰りてぇ」

「ちょっと俊豪、やめてよ。失礼でしょう」

俊豪の隣に座る可愛らしい顔をした少年、王亮がその態度をたしなめた。

「だってなぁ、亮。俺は黄家の連中がどうも苦手……ムー!」

慌てて亮が、自然体で暴言を吐こうとする俊豪の口を押さえた。運転手や助手席に座る案内人は黄家の人間である。王家と黄家の付き合いは長い。こんな事ぐらいで崩れる関係ではないが、失礼であることに変わりはない。

（もう！　俊豪には礼儀とか気遣いとかないの⁉　これから黄家の当主に表敬訪問するのに、そんな態度が伝わったらどうすんだよ！　おばさんに怒られるよ。僕は絶対に庇わないからね！）

「わ、わあったよ。お行儀よくしておけばいいんだろ？　ったく。こういうのは母ちゃんの仕事だろうがよ」

「おばさんは王家当主として忙しいのは俊豪も知っているでしょう。それに……黄家には俊豪も個人的な仕事を請け負っているでしょう」

「ああ……まあ、そうなんだがな」

個人的な仕事、と言われると俊豪は眉を寄せる。

そしてそれ以上は何も言わず前を向くと片手で頬杖をついた。

〝その時は迷わず私を殺してください。私が生きているだけで、私以外の人に迷惑をかけるなんて耐えきれないですから。はい、これが報酬の入っている通帳よ〟

6

〝いいのか？　俺は受けたら必ず依頼は遂行するぞ〟

〝構わないわ。私のせいで消えてしまった人や消えてしまった人のせいで生き方を変えてしまったお兄ちゃんの責任は取りたいの〟

〝ふむ……〟

〝万が一よ。私は必ず超一流の幻魔を手にするわ。それで取り戻すの。パパとママの安心もお兄ちゃんのあるべき姿もね〟

〝分かった、この依頼、受けてやる〟

〝ありがとう〟

数年前にまだ幼さの残る少女から毅然とした態度で言われた言葉と会話。

破格に高いと言われる俊豪が依頼を受けるに十分な金額を提示された。

本来なら自分のポリシーとしては受諾すべき仕事だ。

万が一が起きたときの危険度、難易度はまさにランクSSである自分の仕事に相応しいもの。

しかし、その時の俊豪は一瞬、躊躇った。

ランクSSであり機関の最強を担う男が少女から言われた依頼内容の苛烈さに押し黙っ

たのだ。

俊豪はしばしの時間、少女の真っ直ぐに覚悟を決めた目を見つめると、その少女の差し出した通帳を受け取ったのだった。

やがて車は都市部を抜け、郊外に差し掛かったところで幹線道路から外れた。しばらく行くと緑が増え、前方に広大な敷地を囲う大きな塀と門が見えてくる。

鉄製の門の前で車は停車すると、左右の塀の上に設置されているカメラが自動で車にピントを合わせる。

門が開き、車が敷地内に入るとすぐに数十台分のスペースを確保した砂利の駐車場で、そこで再び車は停車した。

俊豪は車を降りると黄家の屋敷玄関前で嘆息し、黄家の家令に従って中に入って行った。

第1章　予感

「じゃあ行こうか、祐人」

「う、うん」

一悟は精神と気遣いと力を使い果たした顔で言うと頬をゲッソリさせた祐人がそれに応じた。

人生初の合コンというものを今日、祐人は経験した。

そして、精も根も尽きた。

「優太もありがとうな」

「あはは……なんか大変だね、二人とも。でも僕は楽しかったよ」

今回の祐人以外の合コンメンバーとして呼ばれた同じクラスの新木優太が心配そうに二人を労った。

優太は一悟と仲が良く、祐人を除くと一悟と本音で話せる数少ない人物である。

この新木優太は心根が優しく、温和、そして空気が読めるという優秀な男なのだが、実は吉林高校においてある意味、有名な人物である。

その原因はその容貌だ。

それで一部の女子生徒から圧倒的な支持を得ている。

ちなみにその支持している女子たちは数系統に分化されるがそれはここで省くとして、その女子たちが日ごろ優太をどのように語っているかで想像できる。

「抱っこしたいわ。この胸で寝かせたい」

「私の嫁」

「年下王子」

「永遠の弟よね」

「受け以外、考えられないわ！」

「可愛い、ああ……新木君、カワイイ」

といった感じである。

本人は至って普通に過ごしているのであるが、時折、心配になった一悟がフォローやアドバイスを送っている。

「いいか、優太。基本的に必要がない限り、上級生の教室の前を歩いては駄目だ。それと部室棟も危ない、かなり危ない。特に女子部のある二階は絶対に行くなよ。それと映研、漫研、文芸部の連中も要注意だ」

「え？　何？　どうしたの？　一悟君、突然。何が危ないの？」

「うーむ、無自覚か。中学時代はどうやってやり過ごしたんだ。いいから俺の忠告は覚えておくんだぞ。正直、俺は〝草むしり君〟一人で精一杯だから。まあ、俺といるせいで悪い噂が立っている部分もあるんだけど逆にそれが身を守ることにもなっているのはお前には嬉しい誤算なのか……トホホ」

「……？」

　優太本人は一悟の云わんとするところをあまり理解していないようであったが、非常に素直な性格であるために一悟のアドバイスは聞き入れている。

　何はともあれ、こういった風貌と性格から相手から警戒もされることはなく、また印象もすこぶる良いので超お嬢様との合コンにはうってつけの人材だったのは間違いない。

　今はもう日が落ちそうな時刻であり、すでに男女ともに解散となった。

「本来はここから男だけで反省会を開いて熱く語るのがセオリーなんだが、今日は疲れた。もう帰るぞ」

「そうだね、賛成だよ。それに何を反省するのか、何を議題にしていいのか、分からないし」

「あはは……お疲れ様」

駅に向かいながら一悟と祐人の会話に愛想笑いをすることしかできない優太。

今日、集まった人数は大所帯となったので一悟は全員を引率するだけでも一苦労だった。

そもそもの予定としては昼前にファミリーレストランに集まる約束だった。

そこに本来のメンバーである法月明子と他のお嬢様二人に加え、何故か直前で参加することになった瑞穂、マリオン、茉莉、ニイナ、静香の姿があり、そしてレストランに入り座った隣の席に見たことのある二人の女の子がいたのだ。

一悟は驚き、祐人も驚愕する。

その二人の女の子とは秋華と琴音だった。その後二人は自然な形で合流を果たしボウリング、カラオケと実に最後まで一緒に楽しんだ。

全体的にいえば非常に盛り上がり、なによりもお嬢様方は初めて経験することばかりだったので、深々と一悟にお礼を述べて満足顔で帰って行った。

それはいい、それは良かった。

良かったのだが……一悟としては納得のできるものではなかったらしい。

「ちっともお嬢様方とお近づきになれなかった。これは合コンなどではない。ただのお友達会だ」

「僕にいたっては立ち居振る舞いを監視されるだけの時間だったよ。合コンって一体……」

「あはは……ほら、でも皆、感謝してたよ。特に聖清女学院の女の子たちは一悟君の企画には大喜びだったし、スムーズに移動もできて会話も盛り上げてくれたって高評価だったよ！」

　優太はガックリしている一悟と祐人に元気を取り戻してもらおうと声を掛ける。

「ああ、そういうのはいいんだよ。俺が欲しいのは役職を褒めるような言葉じゃない。俺個人にしかない何かに惹かれた的な反応が欲しいんだわ」

「う……あ、法月さんって祐人君に興味があると思うんだよね。僕は見たよ、時折、祐人君に送る視線を。あれは絶対に興味があると見たよ。今度、連絡してみればどうかな。法月さん、すごく可愛いし、優しそうじゃない」

「うん、実は法月さんや他のお嬢様と話すたびに背中が寒くなるような視線を感じたんだよね。あれは誰だったんだろう？　ハッとして見回してもそんな目をしている人はいないし。感じる視線の方向も毎回違った気がするし」

「あ……」

　優太は笑顔で固まったまま汗を流す。

優太も見ていたのだ。

祐人がお嬢様と仲良くするごとにフゥっと笑顔が消える女性陣を。

しかも常に祐人の死角にいる人だけがそうなる。

あれは正直、ちょっとしたホラーかもしれない。

（白澤さん、四天寺さん、マリオンさん、ニイナさんって吉高一年生男子の憧れの四人なんだけど、あんな顔をするのは初めて見たよね。それに合流してきた二人も可愛かった。ひょっとして祐人君ってすごい人なんじゃ）

「でも祐人、お前はすごいよ」

「え、何が？　一悟」

「だって今日のお前、ダイナマイトを巻きつけながら火山の中でダイヤを拾おうとしているんだからな。あの環境で法月さんと仲良くなったのは勇者としか言いようがないわ。俺なら死んでいる、すごいぞ、祐人」

「それはどう受け取っていいのか、さっぱり分からないんだけど」

（すごい分かる！）

優太は大きく頷く。

「まあ、今回は俺のミスもある。もっとちゃんとセッティングできていれば祐人と法月さんはデートのワンチャンあったかもしれない。次回こそは……」

「ええ！　またやるの？　もういいんじゃない？　僕は精神が削られて疲労感がすごいよ」

「こんなの合コンじゃないんだよ！　どこにクラスの女友達の方が多い合コンがあるんだ！　いいか、機が熟したらやるぞ。待ってろ、今度こそミスはしない。隠密裏にことを運ぶ。優太も頼んだぞ！」

「え!?　僕も!?」

「何を言ってんだ！　今日の法月さん以外のお嬢様二人はお前のことを気に入っていたぞ！　あれは結構本気と見た。俺には一人も来なかったけどな」

「そうかな、そういう風には見えなかったけど」

「この無自覚コンビが。何で俺が苦労せにゃならんのだ。もういい、帰るぞ」

三人は駅に到着すると電車に乗った。

先に優太が降り、祐人と一悟は二人になる。

電車が止まると祐人は一悟に「じゃあ、またね」と言って電車を降りた。

「あれ？　祐人、ここで降りるのか？」

「うん、今日は実家に用事があってね」

「そうか、じゃあまたな」

「うん、また」

祐人は一悟に手を振ると久しぶりに実家の道場に向かって歩き出した。

祐人は纏蔵に相談したいことがあった。

それは四天寺家を襲撃してきた連中のことである。

(あいつらは堂杜家としても放置できない連中だ。できれば魔界にいる父さんとも連絡を付けたいんだけど)

そう考える祐人の顔は深刻そのものである。

それだけ危険な連中だった。

(スルトの剣、伯爵、そして、ジュリアンたち。あいつらは繋がっている。あいつらの目的、狙いを調べなくてはならない)

そう考え、祐人は数ヵ月ぶりに実家の道場に到着した。

久しぶりの実家はとても懐かしく感じられ祐人はホッとした心持ちになる。

この日に帰ると伝えていたためか玄関に鍵はかかっておらず、祐人はそのまま中に入った。不用心とは思うが中に誰かがいる時、堂杜家は昔からこのような感じだ。

この貧乏道場に盗む物などないということもあるが、住人は男だけであり何よりも堂杜家の達人が強盗ごときに後れをとることはない。

「祖父ちゃーん、帰ってきたよ！　祖父ちゃーん！」

（あれ？　返事がないな）

　さすがに不在なわけはない。

　事前に連絡をした際、纏蔵は面倒くさがりなので、むしろ相談自体を渋るかもしれないという心配があった。ところが意外なことに「ちょうど良かった、儂からも大事な話があるから来い」と言われたのだ。

　この時、祐人は纏蔵も自分と同じ内容を話し合うつもりだったのだろうと直感し電話を切った。

（四天寺家を強襲してきたジュリアンたち。あの連中は魔界との繋がりを持っている可能性が高い。だとしたら堂杜も黙ってはいられないはずだからね）

　祐人は廊下の電気をつけながら進み、居間の襖を開けるとそこには畳の上に数種類の雑誌を広げて難しい表情で腕を組み座っている纏蔵がいた。

「何だよ、いるじゃない。返事してよ、祖父ちゃん……って何してるの？」

　祐人は纏蔵が唸りながら睨みつけている雑誌群に視線を移すと頭の中が「??」で埋め尽くされる。

（は？　人気新婚旅行先10選⁉　人気の挙式プログラム⁇⁇）

「ふう～どうしたものかのう……うん？　うおい！　祐人、帰ってきておったか！　帰って来たなら声くらいかけんか！」

見苦しいほど極度に慌てた纏蔵は雑誌をまとめて後ろに隠す。

「声はかけてたよ。というより何を見てたの？」

「何でもない！　何でもないぞ！　何も見ておらんし！」

それが何でもない人間の表情と態度かと突っ込みを入れたくなったが纏蔵のしていることに真剣に絡もうとすると訳が分からなくなってくるのはいつものことだ。

これから堂杜家としても重要な話をしようとしている時に話題が逸れるのは避けたいので祐人はスルーすることに決めた。

「はあ～、祖父ちゃん、早速だけど相談したいことがあるんだよ」

「お、おお、うむ！　ではお茶でも淹れてこい」

「分かった。茶葉はいつものところ？」

「そうじゃ！」

祐人が荷物を置いて台所に行くと背後から必死に雑誌を隠そうとしている音が聞こえてくる。祐人はあきれ顔でお湯を沸かした。

テーブルにお茶を並べると早速、祐人が切り出した。

「祖父ちゃん、相談っていうのは他でもない四天寺家を襲ってきた連中のことだよ」

纏蔵はお茶を啜る。

「ああ、あの威勢の良い連中か。あいつらがどうかしたかの？」

「え!?　祖父ちゃんもこの話がしたかったんじゃないの？」

「何がじゃ。あいつらに何かあったのか？　まさか、実は女性とか!?」

「んな訳あるか！　あいつらは魔界のことを知っている節があるんだよ！　それだけじゃない。ひょっとしたら今現在も魔界の人間、もしくは魔神と繋がっている可能性があるんだ」

「む、それは本当か？　祐人」

魔界、という言葉を聞いてさすがのハチャメチャ老人の纏蔵も目が鋭くなる。

それは当然のことだ。堂杜の存在意義に関わることなのだ。

というより何も考えていないままあの連中を圧倒していたのか、と祐人は頭が痛い。

「証拠はないよ。でもほぼ間違いないと思う。あいつらは魔界で魔神側に付いた人間たちが得意としていた半魔の術式を使っていた。しかも魔人化まで手にしていたんだ。つまり、あいつらは魔來窟とは違うルートで魔界の誰かとコンタクトをとっている。となれば魔來窟を守ってきた堂杜にとって由々しき問題だよ。すぐにあいつらの組織を特定してルートごと潰さなくちゃ！」

「まあ、落ち着け、祐人。確かにそれは非常に問題じゃ。じゃが、ちと情報が少ないの。それと恐らくじゃが、そやつらは魔來窟のように自由に魔界へ行き来しているわけではあるまい。もしそうであれば今頃、魔界から化け物どもが大勢来ていてもおかしくない。そうであれば、あちらに行っている遼一もすぐに気づくはずじゃろうしな」

「でも！」

「分かっておる。どのような方法かは分からぬが魔界の誰かと定期的に連絡を取っているということであればそのままにはできん。じゃが、やる時はすべてを、だ。取りこぼしがあってはならん。それでは同じことを繰り返す」

纏蔵の表情が消え、静かであるが冷徹で有無をも言わせぬ氣を感じとる。

まるで邪魔になる者はたとえ罪なき者でさえも排除するだろうと思わせる氣だ。

だが祐人は知っている。

　これが堂杜なのだ。

一千年の長きにわたり魔來窟を守り、魔界に関わろうとしてきた悪鬼、魔神、人間を屠る、あるいは封印してきた。それが今現在、堂杜の扱う超級の封印物件の数々である。

さらに言えば、その逆もしかりであった。

現世と魔界を行き来してきた堂杜は魔界側から現世へ来ようとする者たちをすべて押さえてきている。

これらはすべて堂杜家初代が決めた堂杜の役目なのである。

この重大で難儀な役目を何故、堂杜が背負わなくてはならないのかと祐人は考えたことはない。むしろ誇りを持っていた。

祐人は初代を尊敬し有体に言うと〝大好き〟だった。

偉大なご先祖様だからというのもある。

だが本当の理由は初代が現世の防壁となろうと決意した理由を纏蔵から教えられたからだ。

それは祐人が幼き頃、富士の山裾にある樹林の奥深いところで過酷な修行をこなしていた時に纏蔵から聞かされた話だ。

十歳になったばかりの祐人は両手を広げそれぞれに木刀を握っていた。

二本の木刀の上には形の整っていない大きな石が無造作に並べられており、これを祐人は落とすことなく数時間、微動だにせずにいる。

　すると祐人はふと思ったことを口にした。

「祖父ちゃん、何で堂杜だけがこんな役目を背負っているの？」

「うん？　何じゃ、祐人、文句でもあるのか？　まあ、別にお前の代でやめても良いぞ」

「え⁉　やめてもいいものなの⁉」

「ああ、それで人類が滅亡するかもしれんがの。ほっほっほ――！」

「うっ……！　でも、だからそれだよ。そんなに大事なことなんだから、みんなで魔來窟を守ればいいじゃないか」

「うむ、それも一理ある。というよりそれが出来れば一番良いじゃろうな。じゃがのう、魔界の魔族と呼ばれる連中は狡猾じゃ。多くの人間に知られれば、それだけ危険が増える」

「どんな危険が増えるの？」

「考えてもみろ。魔界の魔族から力をもらえたとしたらどうする？　一般人が能力者になり、能力者は新しい力に目覚める、なんてことがあれば魔族側に靡く者なぞ後を絶たん。実際、魔界を探り関わろうとしてきた者たちは皆、邪な者がほとんどじゃった」

「そうなんだ……難しいんだね」

「うむ、堂杜家のように魔界出身の家系でなければこの深刻さは分からん」

「でも堂杜家の人間だってその人たちみたいに魔族から誑かされたら危ないんじゃないの？」

「カッカッカ！　堂杜ならば大丈夫じゃ」

「え、何で？」

「何故なら堂杜霊剣術を極めれば魔族を超えるからよ。自分の方が強いのにわざわざ怪しい奴からリスクを背負って新しい力が欲しいか？　しかも儂らはそれで自滅していった連中ばかり見ているのじゃぞ」

「あ、そうか！　あ、でも僕は……」

「心配するな、祐人。お前が霊剣術を使えない体質でもそれに匹敵する力を仙術で学べばよい。ほれ、口ばかり動かすな、氣の循環が乱れておるぞ」

　纏蔵はそう言うと近くにある人の頭ほどの大きさの石をヒョイヒョイと小枝ですくう。すると木刀の上に載っていた石の上にさらに石が重ねられていった。

「うぐ！」

「まあ、そうじゃの。ちょいと堂杜に伝わる昔話でもするかの。祐人も遼一から聞いて知っていると思うが魔界に住む魔族と言われる人外たちは圧倒的にして無慈悲で理不尽じゃ。現世と魔界が繋がればこの世界にどのような悲劇が待ち受けているか、初代には容易に想像できたのじゃ」

よっこらせと纏蔵は近くにある切り株に腰を下ろす。

「一千年前、堂杜家の初代はのう、偶然に魔來窟を知り、現世を知り、現世の人間たちと交流する中でこちらの人類の能力者の数が魔界の人類に比べて非常に少ないことを知ったのじゃ。これではもし魔界から魔族たちが押し寄せてしまえば抗うことが難しい。いや、こちらの人類は蹂躙され種としての生存権を完全に奪われるだろうと、考えたのじゃ」

纏蔵は千年前のお伽ばなしのような話にもかかわらず、どこか懐かし気な表情で語る。

「それで初代は誓ったのじゃ。自分が防壁となろう、とな。その決意が千年経ったいまも受け継がれておるのじゃ」

「何か、すごいね、ご先祖様。まるでヒーローみたいでかっこいい！　みんなのために頑張ろうってことだもんね」

「フフフ、まあ、そうじゃな。結果から見たらそうなのかもしれん。じゃが実はな、そう思ったのはもっと人間臭い理由が発端だったのじゃ」

「え、どんな？」

「初代の伴侶、つまり祐人の遠いおばあちゃんになるか。その女性がな、現世の、こちら側の女性だったのじゃ」

「え⁉　だって堂杜家は魔界出身の家系じゃ」

「そうじゃ。実はな、彼女は次元の歪みから魔界に飛ばされ初代と出会ったのじゃ。何とも数奇な運命を辿った女性でな」

祐人は初めて聞いた自分の先祖の話に心を奪われる。

「その時の魔界の人間たちは魔族の猛攻に押され疲弊し、その時代の国家群はほぼ形骸化して統治能力はほとんど失われていたという。言ってしまえば魔界の人類は存亡の危機に立たされていたということじゃな。初代はな、言い伝えでは魔界の辺境の地に生まれた人間じゃった。類いまれなる才能と能力を持っておったが、それだけだったと自分で言って……オッフォン、それだけだったと聞いておる」

「それでそれで？」

「さっき言った女性、祐人の遠い祖母は能力者にして霊剣師だったのじゃ。と言っても中国から伝わる霊剣術と日本古来の修験道、後の忍びの原型となる術を合わせ持っておってな。もはや独自の術じゃったらしいから厳密には霊剣師と呼んでよいのかは分からんが」

「ええ、そうだったんだ！」

「うむ、彼女と初代は出会ってすぐに惹かれ合ってな、彼女は自分の持つ知識と術の全てを初代に伝えたのじゃ。初代は僅か数年でそれを体得してしまい、その後は魔族との実戦の中で術を昇華させて今の堂杜霊剣術の土台を作り上げたのじゃ。どうりで強いわけじゃて。魔來窟から出てきた時は本当に困った……コホン、まさに実戦の中で作り上げられた戦場の技じゃ。常に横で初代を支え続けた彼女の存在が大きかったがな」

「わぁ」

祐人は目を輝かせて聞いている。

「その後、初代は魔界の人間族たちの先頭に立ち、まとめあげ、魔族への総反撃に成功したのじゃ。まあ、魔界にいた人類の英雄譚じゃな」

「すごい、すごい！」

祐人は修行を続けながらまるで自分のことのように興奮した。

「じゃが……その後、魔界の人間たちが落ち着き初代と彼女の間に事件が起きた」

「え？　それはどうして？」

「魔來窟を発見したのじゃ」

纏蔵の顔が僅かに真剣なものになり、祐人は子供なりに表情をあらためた。

「魔來窟は謎が多くてのう。初代すらその成り立ちについてははっきりとは分からなかった。まあ、その話はここでは横に置いておいて……ここで問題なのは彼女だった」

「問題？」

「うむ、何故なら魔來窟を通れば故郷に帰れるのじゃ」

「あ……」

「彼女は初代を深く愛していた。じゃがの、やはり望郷の念は捨てきれなかったのじゃ。それで彼女は迷い苦しんだ結果、こちらに帰ることを決意したのじゃよ」

幼い祐人は彼女が何故、そこまで帰りたかったのか？　魔界で暮らせばよいのに、と思った。

だが故郷とは人によって重い意味を持つことがある。ましてや彼女は異世界に意図せず飛ばされた人間だ。他人には分からない想いがあったのだろうことは今になると理解できる。

「結論から言うとな、初代は彼女と共にいることを選び、初代の方がこちらに来たのじゃ。そうでなければ堂杜家が発祥していないじゃろう」

「あ、そうか。でも初代のおじいちゃんはよくそんな決断ができたよね。だって魔界にいたら英雄だったのに」

「初代は彼女を心から愛しておった。じゃから彼女が帰ると言った時、共に行くと決断するのに大した時間はかからんかったと言って……言っていたと伝えられておる。初代には頼れる弟がおったという話でな、魔界はその弟にすべてを丸投げ、じゃなくて任せてきたらしい」

祐人は纏蔵の話を食い入るように聞くと初代という偉大な先祖に親近感を覚えて感動した。

魔界の大英雄という肩書きをいとも簡単に捨て、奥さんのために異世界に来たのだ。

幼い祐人には何と形容していいか分からないが素敵なことだと思った。

「まあ、話は長くなったが、つまりな、初代が魔來窟を秘匿し、守り、現世の防波堤となることを決意したのはな」

「全部、ご先祖のおばあちゃんのためだったんだ！」

祐人は満面の笑みで答える。

「ほっほっほー、そうじゃ。初代は彼女を愛し、彼女の愛するこの世界も愛したのじゃ。堂杜の重大な役目、堂杜の存在理由、とか言っておるがのう、実はな……ただ、それだけの理由なのじゃよ。愛した女の大事なものを守る、それだけだったのじゃ」

嬉しそうに頷く祐人を後目に纏蔵は「そこに高が娘を、二人目の嫁として無理やりねじ込むから、あの時、面倒なことに……」と、ため息交じりにブツブツと言っている。

「おーおー、懐かしい奴の話をしておるの」

そこに祐人の正式な師である孫韋が姿を現した。

「げっ、師匠！」

「げっ、ではないの、未熟者が。仙氣が乱れておるの」

祐人はいつもまったく気配を読ませない師の出現に驚いた。

そのため、孫韋が〝懐かしい奴〟と言ったことに気づかなかった。

「ほれ、集中している状態がくつろいでいる状態といつも教えておろう。己の命、生けるものすべての息吹を感じているのが小周天じゃ。うむ、そうじゃの。丹田に集めた氣を使い、氣を下腹部から流れさせ背中を上がっていく。そして頭上から下腹部に。それで再度、丹田に氣を集めるのじゃの。もっと速くだの！」

「はい！」

この時、纏蔵が非常に珍しく過去を懐かしむような表情を一瞬だけ見せた。

「そう、たったそれだけの理由じゃった。じゃが、お前の意志と決意は堂杜の血に脈々と受け継がれ一千年に亘り守られてきたぞい。まさかお前も自分の子孫が数度、この世界の危機を救うなど想像もしておらんかったじゃろうな。なあ、アインハード、いやアインよ」

初代の生き様と決意は今、祐人まで受け継がれている。

纏蔵は三仙として堂杜を見続けてきた。

およそすべての事象が自然にして必然。

　それを理解し体現しているのが三仙だ。

　だがこの時、太上老君……いや、今はただの祐人の祖父である纏蔵の心内に感慨深いものがよぎった。

「なんか言った？　祖父ちゃん」

「何でもない。儂は疲れたから宿に帰るぞ。あとは孫韋に任せるわい。お前は当分ここで修行じゃな」

　そう言って纏蔵は腰を上げた。

　祐人は堂杜の顔になった纏蔵を見つめて静かに頷く。

「最初に魔界と通じているのではないかと感じさせたのはミレマーで戦ったスルトの剣という奴らだった。その時はちょっとした疑問程度だった。でもその後、中国に寄生して能力者部隊の闇夜之豹を私物化したカリオストロ伯爵、そして今回、四天寺家を襲撃したジュリアンたち。こいつらは魔界の魔神たちが、寝返った人間たちによく施していた術を使っていた。それで僕は疑問が確信に変わっていったんだ」

「あの半妖、いや、あれは半魔の術じゃな」

「うん。それで何度か、あいつらにかまをかけてみた。その反応を見るかぎり術の出どころも魔界で間違いないと思う」

「愚かなことじゃ。じゃが、こちらの世界でもそれに近い術は存在する。ほぼ失われておる外法じゃがな。かつてそれで道を踏み外した者たちを儂は知っておる。それで儂もそこまで疑問に感じなかった」

「え⁉」

祐人は驚いた。纏蔵の言うことはまったく知らなかったのだ。

もしそれが事実であれば、ジュリアンたちが魔界と繋がっているというわけではないかもしれない。

「じゃが、お前の話を聞けば確かに疑わしい。今になってあの外法が復活して、こうも多数の者が使っているのは普通ではない。それにかまをかけて反応があったのじゃろ？」

「あったよ。どいつも不意を衝かれたように感情を露わにしていた」

「ふむ」

纏蔵は目を瞑り、苦笑いをする。

「悪手じゃのう、祐人。まあ、若さが出たか」

「……え？」

纏蔵の指摘に祐人が目を見開く。纏蔵は苦笑いから一転、厳しい視線を祐人に送る。

「堂杜の使命に忠実なのは分かるがのう。お前、かまをかけた奴をすべて屠ったか？」

その祖父の質問に祐人は拳を握り俯いた。纏蔵の云わんとすることが伝わってきたのだ。

「二人、逃した」

「いいか、祐人。堂杜は魔界と現世の防波堤を担う家系じゃ。通常の能力者たちでは太刀打ちできぬ悪鬼どもが魔界にはわんさかおる。そしてその悪鬼どもを力で統べる魔神どもの数も多い。であればこその堂杜よ。魔來窟を守る理由もそこにある。じゃがな、考えようによってはその堂杜こそが魔界への案内人ともなるのじゃ」

纏蔵は眉根を寄せて腕を組む。

「それ故に魔界に惹かれた、もしくは通じようとしておる連中に我らの素性を知られたり疑われたりしてはならぬのじゃ」

祐人は己の深刻なミスに生気を失った。

あの危険な連中が魔界と繋がりを持つ可能性に気づき、その事実を確かめたいという気持ちが強く出すぎた。

それでかまをかけたわけだが、それ自体が堂杜の情報を渡すようなものだ。纏蔵の言う通り、繋がりを確認したところで完全に倒しておかなければならなかった。

「ごめん、祖父ちゃん。僕は……！」

「つま、丁度いいわ。カッカッカ！」

「え？」

突如、楽し気な笑いを上げた纏蔵に祐人は唖然とする。

今からでもジュリアンを捜して討ち取りに行かんとする気持ちになっていた祐人としてみると纏蔵が笑う理由がまったく分からない。

「祐人、今言ったことは覚えておけ。じゃが、まあ大した問題でない」

「そ、それはどういうこと？　祖父ちゃん。僕のミスで堂杜が明るみにでたら……僕はとんでもない馬鹿なことを」

「うむ。恐らく、そいつらは堂杜を徹底的に調べようとしてくるじゃろうな」

「……っ！　じゃあ、今からでも、あいつらの居所を突き止めて全員、叩きのめさないと！」

「待て、祐人」

「待てるわけがないよ！　このまま奴らに時間を与えたら」

「よいから聞け」

己のミスをいち早く挽回しようと焦る祐人を止め、纏蔵はニヤリと笑う。

「あまり堂杜を舐めるな。お前の背負い込もうとする性格は欠点じゃぞ。もっと冷静でおれ。ふむ、まだ半人前と、お前に堂杜のすべてを伝えてなかったのも悪かったな。じゃが、もういいじゃろう。これからはお前を堂杜の次期当主として扱おう。それだけの力をお前は示した。見事に成長したな、祐人」

「……え」

突然の、しかもこのようなタイミングで言い渡された纏蔵の思わぬ言葉に祐人は固まってしまう。

「よいか？　魔界を知ろうとすれば必ず堂杜に突き当たる。いや、実はそうしておるのじゃよ。そうなるようにな。じゃから今回のお前のミスも時間の問題、というところなのじゃ。その意味で大した問題ではない」

纏蔵は莞爾として祐人を見つめる。

「一千年もの間、魔來窟と魔界の存在、そして魔界からこちらに出て来ようとしたものを守り続けてきた家系じゃぞ。ただ一生懸命に隠して守ってきたわけがないじゃろう。堂杜はな、これら魔界及び現世に災いをなそうとする者たちをすべて滅ぼしてきたのじゃ。時には迎え撃ち、時にはこちらから討伐したのじゃ」

「……っ！」

「いいか、あえてもう一度言うぞ。我々は堂杜じゃぞ。堂杜をお前が正当に評価しろ。お前はやがて遼一の跡を継ぐのじゃからな。そして仙界は堂杜と強固な同盟を結んでおる。すべては堂杜初代との盟約によるもの。決して壊れぬ盟約なのじゃ」

仙界と聞いて祐人はハッとする。それで自分の生い立ちが繋がっていく。

「仙界……!?　だから僕に孫韋師匠が来てくれて」

「そうじゃ。仙界が初めて、そして唯一にして縁を結んだ家系が堂杜じゃ」

すると纏蔵は面倒そうにゴロンと横になり、片手で頭を支え、大きなあくびをした。

「ふぁ〜、遼一とお前、二人が本気を出して戦えば世界中の能力者が驚きでひっくり返るぞい。あと、もしお前の母親がいたら、二度ひっくり返って世界は元通りじゃ。ああ、慣れない表情をしてたら疲れたわい」

そう言うと纏蔵はなんと本当に寝てしまった。

◆

しばらくして纏蔵は目を覚ました。

背を伸ばし周囲を見回すが、祐人がいない。

「むう、思わず寝てしまったわい。祐人はどこへ……おお！　これはまずい。まさか見られてはおらんよな」

纏蔵はテーブルの下に残っていたブライダル関係の雑誌を押し入れに隠すと道場の方に足を運んだ。

道場への渡り廊下を歩きながら纏蔵は腕を組む。

(さて、祐人の持ってきた話はどうするか。まあ、放っておけばこちらに来るじゃろう。来た時に対処すればよいか)

すると纏蔵は足止めて首を傾げた。

「うーん？　そうなると儂ばかりが働くことになりそうな気がするのう」

魔界を求める者は堂杜にたどり着く。

つまり、この家に来る可能性が高い。

そしてよく考えれば今この家に住んでいるのは自分だけだ。

(むむう、もしかするとその時には秋華ちゃんと琴音ちゃんという儂の嫁候補たちが住んでいるかもしれない。そうなれば確実に儂が守ってやらないといけなくなる)

どういうわけか纏蔵の脳内で秋華と琴音が自分の嫁候補になっていたりする。

「ムムム、儂が格好良く守ってやるのもいいが、なんか儂ばかりというのが納得いかん。面倒だし……あ！　いいこと思いついたわい！　そうじゃ、そうじゃ、儂ばっかり働くのはおかしい」

そう言うと、うんうん、と頷きながら纏蔵は再び歩き出した。

纏蔵が道場に入ると祐人は道場で座禅をくんで瞑想をしていた。纏蔵の目から見ても祐人の全身から見事な仙氣が循環しているのが分かる。

（ふむ、ここまで仙氣を練り上げたか）

仙氣は昇華され、祐人の内側にある潜在能力を引き出していく。

肉体すべての細胞が活性化し、生命力、回復力、認知能力が上がり、随意筋、不随意筋にかかわらず筋線維の一つ一つまで祐人は意識することができる。

さらには物質世界だけではない領域も感知し、己の肉体の中に閉じ込められている魂に触れるのだ。

その魂こそがすべての人間が持つ神域との交信であり無限の可能性。

神仙は常にこの状態を保っているとも言われているが祐人は修行中の身。まだそこまでは達していない。

祐人はスッと目を開ける。

「祖父ちゃん、起きたの？」

「うむ。祐人、先ほど言っていた四天寺を襲ったゴロツキどものことじゃが、儂に面白い……オッフォン！　良い考えが浮かんだのじゃ」

「良い考え？　それってどんな」

「まあ、それは後のお楽しみじゃ、ほっほっほー。この件に関しては儂にまかせておけ、うんうん」

「まかせておけ？　祖父ちゃんが？」

祐人は若干、鼻をひくつかせる。

というのも纏蔵からまかせておけ、という言葉が出た時は大体ろくなことはない。

祐人の纏蔵にまつわる数々の経験がそう言っているのだ。

自信満々に笑みをこぼしている纏蔵に不安しか覚えない。

（で、でも今回は堂杜の役割にも関わる案件だ。さすがの祖父ちゃんも変なことはしないと思う……い、いや大丈夫か？）

「そこでじゃ、祐人。そ奴らをあぶり出すための情報がもっと欲しい。知っていることを憶測も含めてすべて話せ。儂によい伝手があるのでな、それを元に、ちょいと調べてもらおうかと思っておる」

「分かった……って祖父ちゃんの伝手ぇぇ？」

ますます祐人は不安になる。

纏蔵の謎に広い交友関係とやらで今まで散々苦労してきた。類は友を呼ぶのか、どうにも纏蔵の知り合いなる人間たちは普通の人がいない……気がする。

「何じゃ」

「何でもない」

「それと、今回のことは遼一にも伝えるようにしよう。来週にはあ奴からの定期便が来るはずじゃからの」

さすがに魔界に関することだからか纏蔵の判断にそつがない。

不良老人といえどもこれが堂杜であり、堂杜の存在理由だ。

祐人はちょっとだけ胸を撫でおろした。

「それで祖父ちゃん、僕は何をしたらいいの？」

「そうじゃのう、この件に関しては儂にまかせてしばらくは普段通りにしていてくれればいいが、そうじゃ、機関や四天寺に頼んでその連中についての情報をもらってこい。おそらく、もう色々と調べておるじゃろう。情報を流してもらえ。お前もあの場にいたわけだし、ある程度は教えてくれるじゃろう」

「うん、分かった。正面から頼んでみる」

「うむ。あのゴロツキどもが魔界の何者かと組んでいるのか、操られているとは知らずに動いておるのか分からんが、魔界側からちょっかいを出している奴の情報も知りたい。その辺は遼一に調査を頼むとするか」

纏蔵がそう言うと祐人は魔界にいる父親の姿を思い浮かべる。父の存在は魔界の国家間でも影響力が大きい。その戦闘力、実績は魔界の戦士たちの尊敬を集めている。

父、遼一は魔界にいることで国家間のつなぎ役、及び魔族たちへ牽制となっているのだ。

魔界では人間の国が四つあったが、前回の大戦で一つが滅んでしまっている。

今はその滅んだ国を再興させているのだそうだ。

「まあ、今のところはこれぐらいじゃろ。あとは情報を待つのじゃ。ゴロツキ組織のメンバーの詳細が分かった時点でこちらから動くか、待ち構えるかを決める。それまでは焦らずにしておれ、祐人」

纏蔵の判断に祐人は無言でうなずいた。

第2章　依頼

祐人は実家に一泊だけして自分の家に帰ってきた。

郵便物を持ちながら玄関に入ったところでなんとなしに息をつき靴を脱ぐとスマホにメールの通知音が鳴った。

（瑞穂さんからの返信だ）

祐人はスマホ画面の瑞穂の文面を読む。

〝用件は分かりました。襲撃者の情報は手に入り次第、祐人にも伝えるようにします。ただ、少し時間がかかると思うから少し待ってちょうだい。あと機関の調査に関しては日紗枝さんに頼んでみる。四天寺は被害を被った当事者でもあるから詳細なものをもらえると思うわ〟

祐人は読み終わるとホッと胸を撫でおろした。

何故、その情報が欲しいのか？　と言われた時、どう返答したものかと考えていたのだ。

だが瑞穂は深くは詮索せずに情報を流してくれると言ってくれた。

するとその瑞穂から続けてメールが入ってきた。

〝この情報は渡すときは情報の性質上、直接渡すことになると思うわ。セキュリティー上の理由でね、メールや電話では話せないの。ただ私とマリオンは来週からフランスに行かなくてはならないの。期間はまだ分からないけど数週間になるかもしれないから、その間に情報が手に入っても渡すのはその後になると思うけどいいかしら？〟

（へぇー、フランスに？　何だろう、機関からの依頼かな。でもあちらにもロンドン支部があったと思うけど）

祐人は驚いたが二人は機関で将来を期待されている人材だ。それだけ舞い込んでくる仕事の量も幅も違うのだろうと思った。

情報の受け渡しの件や時期については問題ない、と返信する。

元々、襲撃者の調査は時間がかかると考えていた。どちらにせよ数週間程度では調査は終わっていないだろう。

そこまで考えると祐人は居間の方に向かった。

（あれ？　今日は誰もいないな。みんなどこかへ行ったのかな）

嬌子たちはおらず、やけに静かに感じる居間に荷物を置いた。嬌子たちは不定期にいなくなったりするので別に珍しいことではないが寂しく感じてしまう。

「今度、お出かけ表でも作ろうかな。そうすれば心配しないし」

そう独り言を言い、祐人は日常の問題に頭を振り向けた。

箪笥の引き出しから通帳を取り出して、郵便物と一緒にちゃぶ台に置くと胡坐をかいた。

「朱音さんからの報酬はまだ入金されてないだろうなぁ。あんな大変なことがあったばかりだから催促もしづらいし。あ～あ、このままだと当面の生活は苦しいままだなぁ。もっと機関の仕事が立て続けに来ればいいんだけど」

祐人は銀行の預金残高を確認しながらため息交じりに呟く。

ミレマーでの報酬は素晴らしかった。

しかし機関の依頼は不定期かつ報酬額が読めないので機関の依頼をあてにしているとどうにも生活の計算が立たない。しかもミレマーの報酬はガストンへの車のご褒美等でなくなってしまっている。

その後の生活は闇夜之豹の一件で瑞穂からもらった報酬で食いつないでいたが、それも心もとないものになってきた。

「どうにも安定しないんだよなぁ。嬌子さんたちがいるときは食費が跳ね上がるし、これだとやっぱりバイトは減らせないや」

大祭直後、明良からは「必ず振り込みますのでお待ちを」と言われているが襲撃の騒ぎからまだ三日程度だ。急いではくれるだろうがもう少しかかるだろう。

その点、機関の場合は報酬の二割程度を前払いしてくれるので非常に助かった。

「うん、日雇いだな。また親方に頼んでみよう」

親方とは祐人を使ってくれている地元の建設会社の社長のことだ。体育会系の非常に厳しい人だが、何だかんだで祐人には融通をきかせて仕事をくれる優しい人だ。

(言葉はきついけど何気にいつもご飯を奢ってくれたりするんだよな、親方)

笑みを零しながら親方の厳つい顔を思い浮かべ、親方から仕事だけでなくご飯もご馳走になろうとしている祐人だったりする。

まとまってお金が入ったらテレビが欲しいな、などと思いながら祐人は他の郵便物を確認していると、ふと夕飯のことを思い出した。

「そうだ、夕飯をどうしようか。食材は買ってこなきゃないな。今日はカップラーメンでいいか」

実は念願の電気配線工事と冷蔵庫は瑞穂の報酬のお陰で手に入れた。冷蔵庫が届いた時祐人が小躍りするわ、号泣するわで白やスーザンが逆に心配そうな顔をしていた。

とはいえ、祐人にしてみればこの時ほど心が躍った記憶はない。

(でもまさか中に入れる食材費に問題が生じようとは……トホホ。何でもいいから依頼が

来ないかなぁ。そう！　できれば十日程度で終わるやつで報酬が素晴らしいのが。って、そんな都合の良い依頼なんて来ないか）

祐人が十日程度と思うのは夏休みがあと二週間程度だからだ。それまでに無駄なく働いて、できるだけ稼いで学校の始まりに備えたいというものだったが、祐人は諦めの表情でため息をついた。

「あれ？　これは手紙かな？」

郵便物の一番下から可愛らしい洋封筒がでてきた。

桃色の封筒で可愛らしく、気のせいではなくとても良い香りがする。

（誰からだろう？）

正直、こんな可愛らしい手紙を送ってくる相手の想像がつかない。祐人は首を傾げながら手紙を翻し裏側を確認する。

「えっと、黄……秋華？　ああ、なーんだ、秋華さんかぁ」

そう言って笑みをこぼして封筒を表に返す。

「はああん⁉　秋華さん⁉」

祐人は驚いて再び、送り主を確認する。

「な、何で僕の家の住所を知っているんだ⁉　いや、というか何が書いてあるんだ」

祐人は慌てて乱暴に開けようとしたが、何となく落ち着いて丁寧に開く。

中には数枚の便せんが綺麗にたたまれていた。祐人は慎重にそれを取り出す。

〝やっほー、堂杜のお兄さん、元気にしてるかな？〟

初っ端から元気な秋華が想像できる文面だ。

〝実はねぇ、お兄さんに依頼があってお手紙したんだ。あ、どうして住所を知っているかって？　それはお爺ちゃんが快く教えてくれたんだよ〜〟

まるで人の心を読んだかのように文が綴られている。

（教えたの、祖父ちゃんか！）

読み進めていくと他愛のない話題から琴音の近況についても触れている。

まるで文通相手からの手紙みたいだ。

〝あ、それで今回、手紙を送ったのは、なんと！　生活費に困っているだろうお兄さんに私から依頼を出すためだよぉ〟

「う！　な、何で知っているんだ」

〝内容は簡単で私の護衛の仕事をお願いしたいの〟

（え、護衛？　秋華さん、誰かに狙われているのか？）

一瞬、深刻な顔になる祐人。

（黄家は能力者の家系でも名家と聞いている。その黄家が護衛の依頼をかけてくるとなると相当危険な相手につけ狙われているのか？　先日の四天寺の件もある。まさか、黄家も）

〝あ、今のところ私は誰にも狙われてないから〟

思わず横にこけた祐人。

〝もう、今、私の心配してくれたでしょう。優しいなぁ、お兄さんは〟

「何なんだよ、もう！」

〝でも、ちょっと深刻な依頼なの。誰にでも頼めるというものでもないし私は顔が広いわけでもないから困ってしまって。それでお兄さんしかいないと思ったの〟

（深刻な依頼……いや、なんか騙されてる気がする。さすがに僕も秋華さんがどんな人間か分かってきた。悪いけどここは断ろう。こっちも遊んでいる暇なんてないし）

〝今回の依頼だけど報酬は半額を前払いするわ〟

「え？」

〝それと期間は十日前後かな〟

「おお！」

〝当然、三食付いて部屋も用意。ボーナスも考えるよ！〟

「ななな！」

〝基本報酬額は最後に記しておくね。多分、二学期は働かなくてもいけるんじゃないかな〟

祐人はすぐに報酬額に目がいく。

「なんとぉぉぉぉぉ！」

祐人が目を血走らせて確認するとそこには夢のような金額が提示されている。

そして、秋華の文に目を戻す。

〝ね、中々、魅力的でしょ？　ほら、うちって大金持ちだから。決心したら下のメールアドレスに振込先の口座番号を送ってね。入金を確認したら〇〇日に羽田空港の――――〟

たった今、手紙を読み終わった。

だが、祐人の表情は非常に硬い。

（絶対、罠があるに違いない。あの秋華さんの依頼だ、きっと何か企んでいるよ。ここは断るべきか、いや断るべきだろう！）

「僕だって、それぐらいのことは分かるぞ！」

そう言いながらスポーツバッグとパスポート、着替えを用意し始めた祐人だった。

◆

祐人は第一上海空港の到着ロビーに足を踏み入れた。

「思ったより早かったですね、堂杜さん。さあ荷物を受け取りにいきましょう。向こうの案内人の人は来ているのかしら」

ニイナは笑顔で祐人を促す。

「あ、うん。あはは……」

「ニイナお嬢様、荷物は私が受けとりますのであちらで休んでいてください」

「いいわよ、アローカウネ。私も一緒に行くから。ここではそんなに気を遣わないでちょうだい。私は堂杜社長の秘書兼マネージャーなんですから」

「承知いたしました」

そう言いながらアローカウネは静かな表情でお辞儀をする。

しかし、ニイナの視界の外になった途端、これでもかというぐらいの疑心と警戒心を含んだ目で祐人を見つめてくる。

祐人は随時その視線を受け取っており、ただただ乾いた笑いしか出ない。

（あぁあ、なんでこんなことに）

「さてと、準備はできたから明日、羽田空港へ、と」

祐人は、しばし上海出立のための荷物を眺め、突然、膝を折って両手をついた。

「結局、依頼を受けてしまったぁぁ!! でも仕方ないんだよ。これも生活のためなの。たった十日でこんなに素晴らしい報酬なんて他にあるわけないんだよ。機関からの依頼だっていつ来るか分かんないし、バイトばかりだと勉強の時間削られるし、赤点とって留年なんてしたら余計お金かかるし。いや、それに関係なく留年は嫌だし……だから、仕方ないの」

一体、誰に対して言い訳をしているのか、ただの独り言なのかも分からないセリフを吐きながら涙を拭う祐人。

だが家計が火の車なのは事実。

残りの夏休みで働けてこれだけの好条件の依頼はないのだ。

(逆にこちらの希望通り過ぎる期間と報酬額とタイミングには警戒心しか湧かないけど、さすがにそこまでは考えすぎかな! うん、考えすぎ! あはは)

祐人が気を取り直して荷物を居間の端に移動させると玄関に設置したばかりのインターフォンが鳴った。

「誰だろ? 新聞の勧誘かな。あー、はいはい!」

祐人は小走りで玄関の土間に下り、引き戸を開けるとそこには意外な人物が立っていた。

「え⁉　ニイナさん！　どうしたの⁉」

「あ、堂杜さん、突然、訪問してしまってごめんなさい」

祐人が姿を現すとニイナが申し訳なさそうに頭を下げた。すると同時にその背後に控えている初老の男性も頭を下げる。その服装からニイナお抱えの使用人のようだった。

（うん？　後ろの執事の人……うげえぇぇ！）

背後で深々と頭を下げるアローカウネは顔を上げると祐人と目が合う。

アローカウネは目を細め、まるでこちらをどういう人物か測っているかのようだ。

祐人は額から汗を流し、極力平静を装う。

ミレマーから来たこのニイナ専属の執事にどうにも苦手意識があるのだ。

「い、いや、大丈夫だよ。どどど、どうしたのかな」

「はい、実は今朝、フランスに行く瑞穂さんとマリオンさんを空港まで見送ってきまして」

ニイナが話し出すと後ろのアローカウネはにこやかな表情のままに両目が光る。

（うわぁ、このオッサン、怒ってる。あ、ニイナさんをこんなところで立ち話させているのが許せないんだ！）

「まま、まあ、ここじゃなんだから、とりあえず上がって」

祐人はニイナとアローカウネを居間に案内すると慌ててお茶を準備した。

アローカウネが家の隅々を確認しているのが妙に落ち着かない。

畳の部屋でアローカウネは慣れないだろうが、その辺はさすがで座布団の上で座る姿勢も良い。

「はい、どうぞ」

「堂杜さん、おかまいなく」

緑茶を二人の前に置くと祐人もテーブルについた。

「それでどうしたの？」

「実は伝えたいことがあって来たのです。電話でも良かったのですが、何故か瑞穂さんが堂杜さんのところへ直接、行ってきて欲しいと言うので」

その言葉でどうやら重要な話らしいと祐人は顔が真剣になる。

「実はマリオンさんのことです。堂杜さんはもう瑞穂さんとマリオンさんがフランスに行くことはご存じですよね」

「うん、メールで知ってはいたけど詳細は聞いてないよ。何かあったの？」

「はい、マリオンさんは他言無用とのことだったんですが、マリオンさんに本家から顔をだせという連絡があったそうなんです」

「本家？　ああ、たしかマリオンさんはオルレアン家の」

「はい、そう言ってました。それ自体は問題ではないみたいなのですけど、どうやら内容がオルレアン家の後継者を決める話し合いらしいのです。それで現当主の孫になるマリオンさんも呼ばれたらしいのです」

「ふむ……でもそれに何か問題でもあるの？」

　大体の話は分かった。

　後継者を決めるのに一族を集めて、後顧の憂いを無くしておこうというのだろう。今の当主が誰だか知らないが、事前に家督争いの芽を摘んでおきたいということだと理解した。

　ただマリオンはオルレアン家とは距離をおきたがっていた。マリオンにしてみれば便宜上、話し合いに参加してすぐに帰ってくるつもりだろうと祐人は想像する。

「実はマリオンさんを担ぎ上げようとする動きがあるそうなんです。マリオンさんは何も言わないのですが、瑞穂さんはそういう情報を朱音さんから聞いたみたいなんです」

　思わぬ情報に祐人は眉を顰めた。

「ちょっと待って、ニイナさん。よく分からないんだけど次期当主の孫というのはどうしてかな。孫じゃなくてマリオンさんたちの親の世代の人たちがいるでしょう」

「はい、それも説明します」

　祐人はニイナの話に耳を傾ける。

「実は本来、後継者になるはずの方が病死していたようです。マリオンさんの伯父でマリオンさんのお母さんの兄にあたる人だったそうです」

「亡くなられた……病死ですか」

「はい、しかも亡くなってから結構、時間が経っているようです。何故、今、後継者選びなのかは分かりませんが、マリオンさんも候補となっているそうなのです」

「うーん、現当主の年齢を知らないけど健康問題とかかな」

「そうですね、私もそう考えるのが妥当だと思います」

オルレアン家は機関にも影響力のある名家だと聞いている。新人試験の時に知ったが四天寺にも劣らないほどだという。

それほどの大きな家での後継者選びに巻き込まれたら非常に面倒そうだが、今はまだ分からないといったところらしい。

「えっと、瑞穂さんはマリオンさんがオルレアン家の家督騒動に巻き込まれるんじゃないかと心配してるってことなのかな？　うーん、多分だけどこの件に関しては心配いらないと思うよ。僕の予想ではマリオンさんは早々にドロップアウト宣言をだして蚊帳の外になろうとするんじゃない？」

「はい、実は瑞穂さんもそう言っていました」

「へ？　じゃあ、何で僕にわざわざ伝えに来たの？　しかもわざわざニイナさんに直接行けって」

「その辺がどうも分からないのですが瑞穂さんが行って伝えてきて欲しいって言うんですよね。それで何かあったら連絡してって」

「何かあったら、って何だろう？　僕のことかな？」

「さあ……」

二人とも首を傾げる。

「あ、ただ瑞穂さんが気になることを言っていました」

「それは？」

「今、世界の裏側が不穏だ、と。先日の四天寺襲撃しかり、ミレマーしかり、闇夜之豹に巣くうカリオストロ伯爵等々、どうにも世界中の能力者サイドが騒がしい、と。まるで何か、良からぬ大きな動きがあるのではないか、と」

それを説明するニイナの声はどこか怯えが混じっている。

もし、こういった良からぬ大きな動きがあるのならば、ミレマーでその渦に巻き込まれたニイナはまさに被害者である。その経験からこの良からぬ動きなるものに恐怖を感じてしまうのは仕方のないことだろう。

そしてこれらのことについては祐人もすでに考えていた。

一見、それぞれには繋がらないかのような事件。しかしその裏ではジュリアンたちが暗躍していた。

いや、正確に言えば同じ組織の人間がそれぞれ好き勝手に動いていたというところだと考える。とはいえ、彼らは目的を同じにしているはずだ。

今になって、この連中が組織として動いてきた可能性はある。

さらに言えば四天寺家への襲撃はその狼煙だったと考えると理解はできる。

「瑞穂さんは僕に何を伝えようとしていたんだろう……他に何か言ってた？」

「実はこれだけです。マリオンさんの件は話し合いで決めるものですし、そんなに心配はいらないだろうけど、堂杜さんには伝えておいて欲しい、とのことでした」

（ますますよく分からないなぁ。何なんだろう？）

「変ですよね、瑞穂さん。マリオンさんに付いていくのもマリオンさんはずっと断っていたらしいんですが、どうしても同行すると言って強引に付いていくみたいですし。マリオンさんも根負けしたみたいです」

「うーん、よく分からないけど取りあえず分かった。頭に入れておくよ」

そう答えるが、祐人は瑞穂の瑞穂らしからぬ伝言に首をひねる。

　するとこの時、ニイナが今の端に並べられている荷物に気づいた。

「え？　堂杜さん、どこかに旅行でもされるんですか？」

「ああ、これは護衛だっけかな、依頼があって明日から仕事に行くことになったんだよ」

「そうですか、大変ですね。どんなお仕事ですか、また危険なお仕事ですか？」

　ニイナは心配そうに祐人を見つめてしまう。

「ううん！　全然、大丈夫だよ！　ほら、秋華さんって覚えてる？　実はその秋華さんから依頼をもらったんだよ。それで明日から上海に行くんだ」

「秋華さん？　ああ、たしか合コンと呼ばれる会合に偶然、隣に居合わせたというあり得ない嘘を平気でついた挙句にちゃっかりこちらに参加してきた女の子ですか？」

「え⁉　う、うん」

（ニイナさんがそんな認識だったとは⁉）

「堂杜さん」

「はい」

「詳しく！　その依頼の内容を教えてください」

「い、いや、依頼主のことは他人に伝えることはできな……」

「他人ではありません。一緒にご飯を食べたり、ボウリングしたり、カラオケに行った間柄を他人と呼ぶんですか？　堂杜さんは。それにいい機会です。堂杜さんが仕事や依頼の契約に関してどう考えているのか聞いておきます。もし騙されていたらどうするんですか」

「でも、もう前金分は支払われているし、航空チケットも来てるし、騙されることなんて」

「いいから話してください」

「はい」

――十分後

「ふむ、つまり堂杜さんは契約のサインを交わしてもいないのに口約束だけで上海にまで、相手の懐、まさにホームグラウンドに行くんですね？」

「いや、でもお金は振り込まれていたし知らない仲でもないし」

「同じです。それに知らない仲ではないからこそ、後々のトラブルを避けるためにしっかりとした契約を交わすことが大事なんです。もし現地で違うことを言われたり、逆にお金を請求されたりしたらどうするんですか？　あの子ならやりかねません」

「まさか、そんな」

「堂杜さん」

「はい、僕が甘かったです」

「もう、何で堂杜さんはこんなに隙だらけなんですかね。そもそも誰にも狙われていないのに護衛の依頼をしてくる、という時点で考えることはないんですか」

「ううう、変だな、と思ってはいたんだけど」

(こんなの依頼にかこつけて、暗に堂杜さんと一緒にいたいというアピールをしているんです。とてもあざとい手口なんですよ、もう。お金に困りすぎて飛びついてしまったのは可哀想ですけど)

「分かりました」

「何が？」

「私が堂杜事務所のマネージャーをします」

「堂杜事務所!? な、何それ……」

「私が堂杜社長の秘書兼マネージャーとして顧客と条件を話し合いますので。出発は明日ですよね？ アローカウネ」

「はい、たった今、航空券を手配しました。外交特権を使いましたので、現地で上海市長との面会をお願いしましょう。面会が無理でもこちらから丁寧に挨拶にいけば向こうは悪い気はしないでしょう」

「さすがですね」

「さすがだなんてレベルじゃないよ！ どんだけ仕事が早い……というより、ええ――！」

ニイナさんも一緒に来るって、どういう……」

「私も行きます。それとアローカウネも来ますが、今回はお忍び訪問という形をとりますので、SPが間に合いません。ですので堂杜さんに依頼を出しますね、私の護衛です」

「い――――!?」

祐人はもう話の展開についていけずに目を見開いている。

(何なの、これ！　ニイナさんが秘書でマネージャーで依頼主で護衛をしなくちゃならなくて、秋華さんの護衛に行ってニイナさんが契約の交渉して……ああ、訳が分からないよ！)

「私のことも守ってくださいね、堂杜さん……じゃなくて、社長」

こうしてニイナも祐人と共に上海に来たのだった。

偶然かもしれないが、考えようによっては瑞穂の指示や行動がこの状況を作ったともいえる。

この時、瑞穂が精霊使いとして辿り着く先の姿を垣間見せたことを祐人たちは知らなかった。

◆

祐人たちが到着ゲートを出るとすでに黄家の従者たちが分かりやすいところを陣取って迎えに来てくれていた。

「堂杜祐人様ですね、どうぞこちらへ。そちらのお連れ様の件はお伺いしておりますので、ご一緒にどうぞ」

丁寧な挨拶を受けて祐人は頭を下げる。

「あ、よろしくお願いいたします。すみません、人数が増えまして」

それに合わせてニイナもアローカウネも頭を下げた。

タイミング的にはいかにも上司である祐人に合わせて頭を下げているように見える。

だがその表情には動揺もためらいもなく、すましたものである。

祐人たちは案内されるままに連れられ空港のメインエントランスを出ると非常に広く整備されたロータリーが見えた。ひっきりなしに車やタクシー、そしてバスが循環しており大都会に相応しい騒がしさを感じとることができた。

「お兄さーん！　いらっしゃーい！」

そのような中、明るく大きな声が聞こえてきたと思うとそこには黒塗りの高級車の横で秋華がぴょんぴょんと飛び跳ねている。

「あ、秋華さん！　わざわざ迎えに来てくれたの？」

「そうだよ、わざわざ私がお兄さんのお迎えに来てあげたの！　へへー、驚いたぁ？　嬉しい？」

秋華は笑顔で祐人の顔を覗き込むように体を寄せてくるので体が密着する形になってしまい祐人は慌ててしまう。

「ああ、ありがとう、迎えに来てくれて。あはは……」

すると、背後からニイナが抑揚のない声で祐人の腕を後ろに引いた。

「社長、いくらお知り合いでもクライアントに失礼です。しっかりと挨拶をしてください」

「う、うん、分かった。というかその社長って呼び方、何とかならないのかな」

「いえ、堂杜さんは社長です。堂杜社長、依頼主とは適切な距離で応対してください。悪い噂が立てば今後の仕事に関わりますから」

困惑する祐人に取り合わず、まるで部下のようにニイナは振る舞う。

ニイナはこちらを見ずに秋華に対して腰を低く応対している。

秋華を大事な依頼主、顧客のように扱っているようだ。

（ニイナさんが優秀な営業みたいになってるんですけど。ニイナさん、超お嬢様なのにこういう物腰も板についていてすごいな）

ニイナのお陰で冷静になった祐人は秋華のペースから自然と逃れることができた。

「秋華さん、今回は僕に依頼してくれてありがとう」

祐人が秋華と距離をとって挨拶をすると秋華は「ちぇ～」と不満そうな表情を見せる。

「ふーん、その人たちがお兄さんの従者ってわけ」

「いや、ニイナさんたちは従者っていうわけじゃ」

「はい、今回はこちらの手違いで直前の帯同となりまして申し訳ありません。私たちは堂杜社長の秘書兼マネージャーだとお考えくださればと存じます」

顔を上げたニイナと秋華の視線が初めて交わる。

（あれ？　何？　この緊張感）

「ま、いいわ。じゃあお兄さん、とりあえず私の家に行こうか。今後の事を話したいしね」

「あ、うん、分かった」

「じゃあ、お兄さんは私とこの車に乗って、従者の人たちは後ろの車に乗ってきてね」

「あ、ちょっと待ってください！　私たちも社長と」

ニイナがそう言うと秋華は何を言っているの？　という表情をする。

「全員乗ると狭いんだから社員や従者が主人と同じ車に乗る必要ないでしょ。そちらが突然、人を増やしたからこちらも急遽、車を増やしたんだよ？」

誰も分からないぐらいのものだがニイナの整った片眉が数ミリ上がる。

（あれ？　また緊張感が）

この二人が話し始めると何故か祐人の入る隙間（すきま）がない。

「分かりました……では後ほど。アローカウネ、行きましょう」

「承知いたしました」

「社長」

「はい！」

「くれぐれも依頼主には適度な距離を取って失礼のないようにお願いします」

「も、もちろんだよ！」

祐人は部下のはずのニイナの静かな物言いに背筋を伸（の）ばす。

その裏では数ミリだけ口角を上げた秋華がいつもの元気な表情になり祐人の腕をとった。

「はいはい、お兄さん乗って、乗って！　ふふふ、驚かないでね」

「え？　何が？」

「いいから、いいから、乗れば分かるから。はい、しゅっぱーつ！」

祐人は急（せ）かされるように車に乗り込もうとすると、ドアの中はとてもゆったりとしていて、ニイナたちが乗ってもまったく問題のないだろうスペースがあると分かる。

（あはは……ニイナさんもこれを分かってたんだろうなぁ）

そう考えながら車内に入ったところで祐人は目を見開いた。

「え⁉ あれ⁉」

というのも車内に意外な人物が先に座っていたのだ。

「驚いたでしょう！ 一緒に外で迎えようって言ったのに恥ずかしがって出てこないんだもん。まあ、そんなところも可愛いんだけどねぇ」

そこには見知った少女が恥ずかし気に俯き、顔を紅潮させている。

「琴音さん！ ど、どうしてここに？」

「あ、あの！ えっと、たまたま黄家にお邪魔してて、その……あの」

テンパっている琴音が必死に説明をしようとするが、秋華が祐人を真ん中に座らせてドアを閉める。

「琴音ちゃんはね、たまたま！ うちに遊びに来てたの。だいぶ前から約束してたんだよねぇ。まさか、このタイミングでお兄さんに依頼を出さなくちゃならなくなるとは思わなかったわ」

祐人はまだ驚きが醒めずに、横で顔を真っ赤にしている琴音を見つめると琴音は上目遣いで祐人を見つめてくる。

「だからお兄さん、今回の護衛だけど琴音ちゃんも守ってね。大事な黄家のお客さんで私の友達なんだから」

そう言う秋華は悪戯っ子のような笑顔を見せた。

祐人が車の中で琴音と秋華に挟まれた状態で三十分ほど経つ。

その後ろの車から、ニイナは三人の頭がどう考えても近いことに気づいており、表情は澄ましたものだが時折、歯を食いしばるような仕草をする。

（秋華さんと一緒に来たもう一人の子、四天寺家の大祭で見ました。ということはあの子も能力者ですね。何のために来たのか……ふむ、大体、分かってきました）

「アローカウネ」

「はい、ニイナお嬢様」

「ごめんなさいね、変なことに巻き込んで……しかも芝居までさせて」

「いえいえ、私はニイナお嬢様のいるところが私のいるところと決めています。私としましても四天寺様やその他の乙女同士のお出かけならば目を瞑りますが、あの堂杜なるケダモノ……少年についていくと聞いてはジッとなどしてはいられません」

「うん？　ケダモノ？」

「いえ、けったいな少年と海外にまで行くと聞いて驚きましたので。私はニイナ様から彼の名前だけしか聞いておりませんでしたから」

「ああ、ごめんなさい。彼は同じ学校の人で、ちょっと縁があって友人になったのよ」

祐人の説明をしていてニイナは微妙な違和感を覚える。というのも祐人とはミレマーで会っているはずなのだ。

学校で初めて会ったわけではない。

そのことを自分は覚えていないのだが。

「友人……ああ、ニイナお嬢様はお優しいです。ちょっとすれ違った人型の生き物を友人と表現するとは」

「は？」

「はい？」

「はあ〜、何でもないわ。でもアローカウネ、あなたはミレマーで堂杜さんと会っているはずよ。覚えていないのですか？」

「私が彼とですか？　いえ……記憶にないですね。それは彼が言っていたのですか？」

アローカウネの記憶にない、という言葉を聞くとニイナは眉根を僅かに寄せる。

「そうです。彼は瑞穂さんとマリオンさんとお父様の護衛に来ていたのです。これは瑞穂さんたちも言っていましたから間違いありません」

「なんと……能力者とは聞いていましたが旦那様の。ですが、やはり会った記憶はないです」

自分は祐人とはミレマーで会ったことがある。

そしてアローカウネも会ったことがある。

マットウもテインタンも皆、祐人と会ったことがある。

それなのに……、

（誰も堂杜さんを覚えていない）

「たしかに旦那様の護衛に来られた、ということであれば私と顔を合わせていてもおかしくはないですが……うん？」

「どうしました？　思い出しましたか？」

「あ……いえ」

一瞬、顎に添えた手を離すとアローカウネはハッとしたように首を振った。

その様子を見てニイナは何故か胸が締め付けられるような気持ちになる。

何故か今、アローカウネはきっと自分と同じことを感じている、と思うのだ。

「ニイナ様、ひとつお聞かせください。何故、あの少年についてきたのでしょうか？　いつもニイナ様には困らされますが、今回は正直、苦労しました。旦那様にも嘘にはならないようにうまく説明するのは大変だったのですよ」

「う……こ、今回は友人として見過ごせなかったのです。堂杜さんのことは瑞穂さん、マリオンさんからもお願いされていましたから。二人はミレマーの恩人でもありますし」

「ふむ、そうでしたか。あのお二方は私の見るかぎり将来有望な才女とお見受けしましたが残念です。ですがまあ、ニイナお嬢様が惑わされていないのであれば問題ないです」

「は？」

「異性の趣味は人それぞれ。もしニイナお嬢様がご乱心していればどうしようかと考えておりました。その時はこのアローカウネ、たとえ相手が能力者としても相打ちの覚悟で」

「オッフォン！　あ、あとで茉莉さんにも連絡入れておかなくちゃ、メールでしか伝えてないから」

　これ以上、話をしているとアローカウネがヒートアップすると感じ取ったニイナは聞かなかったようにスマートフォンを取り出した。

「ニイナ様、確認ですが、これから向かう黄家とは能力者の家系でよろしいのですよね」

「そうよ、それがどうしたの？」

「それがどうしたの？　ではありません。ニイナ様、本来、能力者とはこんな簡単に繋がりができる人間たちではないのです。いうなれば表の人間たちではないのですから」

「……む」

アローカウネの言うところは本当である。ニイナも祐人や瑞穂たちと出会って繋がったことで、この普通ではないことを忘れかけていたのかもしれない。

「お父上も能力者の暗殺者に狙われた時、数々の伝手を使い、やっとの思いで能力者機関に渡りをつけてもらって四天寺様たちを派遣してもらったのです。というのも知れば知るほど能力者という人間たちは危険極まりない人種です」

「でも堂杜さんや瑞穂さんたちは」

「分かっております。すべての能力者が危険な人間たちと思ってはおりません。特に機関に所属している能力者たちはまだ良いと思います。さらに言えば将来、この繋がりは非常に有益である可能性もあります。ミレマーにとっても、ニイナ様個人にとっても、です。ですから今回のニイナ様のわがままも最大限、聞き入れようとしたのです」

「アローカウネ」

ニイナはアローカウネのそういった打算的な考えを聞いて驚くが、そういう切り口で物を考えるのが国家中枢近くに所属する大人なのであろう、と思う。

ニイナが一瞬、少女らしからぬ政治家のような顔を見せるとアローカウネは嘆息しながら笑みをこぼした。

「ニイナ様、そんな顔をなさらないでください。これをお伝えしましたのはあくまでニイナ様の長所である冷静さと理論だての上手さを忘れて欲しくなかったからです。その方がご友人たちのお役に立てるのではないでしょうか」

「……え?」

「いえ、今のは忘れてください。今のニイナ様はハイスクールの学生でしかありません。ですからニイナ様は今回、ご友人のために動いただけの、ただの高校生です。だから好きに、自由に、そして正しいと思うことをやりましょう。お父上もそういう経験をして欲しいと思ったからニイナ様にハイスクールを提案していたのですから」

ニイナはハッとしたようにアローカウネの皺の深い笑顔を見つめる。

「知り合いが能力者だとか関係ありません。ニイナ様のご友人のためというのならアローカウネも最大限の協力をいたします。ニイナ様は思ったように友達を大切にしてください」

ニイナの脳裏に幼き頃に失った母ソーナインやマットウ、そしてグアランの顔が浮かぶ。

自分の親たちであり、始まりは親友だった。互いに互いを大切にしていた友人だったのだ。

ニイナは心が温まっていくのを感じるとアローカウネに大きく頷いた。

「アローカウネ、私は友人のために私のできることをしたいわ。まず、頼りない堂杜さんが詐欺まがいのハニートラップにかからないように見張ります」

「承知いたしました。それではアローカウネもあのケダモ……堂杜様がニイナ様の厚意を勘違いしないように見張って参ります」

この言葉にニイナがこけた。

しばらくして祐人たちが乗る車は黄家の屋敷に到着した。

◆

――黄家

言われずと知れた機関にも所属する名家の一つである。

約八十年前、能力者ギルドを改め世界能力者機関が発足する際に多大な貢献を果たした家や一族があり、その中でも特に『十家三族』が有名である。

『十家』とは

四天寺家

柳生家

オルレアン家（フランス）
黄家
王（おう）家
シュバルツハーレ家（ドイツ）
アークライト家（イングランド）
ナイト家（イングランド）
サリバン家（アメリカ）
バクラチオン家（ロシア）

『三族』
クリシュナ族（インド）
エフライム族（世界に散らばっているがイスラエルに族長がいる）
バニヤース族（アラビア半島）

それぞれに強力な能力者を輩出（はいしゅつ）し、時には財政面、人脈面で機関の組織を支えている。

いわば世界能力者機関の中枢とも言える一族である。

中には明確に機関への所属を表明していない家、一族もあるが機関とのパイプの太さは否定はできないだろう。

他にも名家と呼ばれる能力者家系は存在するが、ここでは機関発足に多大な貢献した家、一族を表したものである。

つまり黄家はこの『十家三族』であり、一目置かれる家系なのは間違いない。

黄家の屋敷の正面で祐人は車から降りると周囲を見渡した。

（それにしても四天寺家といい、この黄家といい、どれだけお金持ちなんだ。これだけの敷地を持った家があったら一体、何を営んでいる家なのかと疑われないのかな）

広大な中国庭園と大きな屋敷を見て思わず呆れてしまうレベルだ。

庶民代表の祐人としては考えても仕方がない疑問が湧いてしまう。

「お兄さん、じゃあ行きましょうか。とりあえずお茶の用意をしましょうね。そこで詳しく今回の依頼の説明をするわ」

秋華はにこやかに言うと、お迎えのために整列している黄家の従者たちの間を意気揚々と歩いていき、琴音もその後についていった。

「あ、ちょっと待ってニイナさんたちがもう来るから」

するとニイナたちを乗せた車も到着し、祐人はニイナたちを待って共に歩き出した。

屋敷に入るとどこかの部屋に通されるかと思いきや、建物を繋げる渡り廊下から外に向かい中国庭園にでると非常に大きな池の横を歩いていく。

途中、素晴らしい庭園の風景が目に入り感嘆するが、秋華は池の中央にある小島に繋がる橋へ足を向けた。

見れば小島には建造物があり、その建物は四周にガラスを多用した格子状のドアと窓でできている。外からも中からも見通しが良く、中国庭園を360度で楽しめる作りになっていた。

建物内には大きな丸テーブルが設置されているのを見ると、どうやらこの中で説明を受けるようだった。

「それで今回の依頼は護衛だと聞いたけど別に狙われてはいない、ともあるし、どういう依頼なのかな、秋華さん」

祐人たちの座るテーブルの前にお茶が並べられると祐人がそう切り出した。

「はいはい、分かっているわ。まずはお茶を楽しんでお兄さん。この茶菓子も上海で人気なのよ」

秋華はにこやかに勧めてくるのでいきなり本題は無作法だったのかな、と考えて目の前の中国菓子に手を伸ばした。

（あ、これ美味しい）

その祐人の表情の変化を見てとると秋華は改めてニッコリとして口を開いた。

「気に入ってくれたみたいで良かったわ。じゃあ、今回の依頼の内容を説明するわね」

秋華が両肘をテーブルに置き、全員が秋華に顔を向ける。

「手紙にも書いたけど、お兄さんに依頼したのは私の護衛よ。あ、琴音ちゃんもね」

「でも秋華さん、誰からも狙われていないんでしょう？　それで僕は何から守ればいいいの？」

「そうよ、〝他人からは〟ね」

「え？　それはどういう？」

この秋華のセリフに同席しているニイナが眉根を寄せた。

随分と婉曲な言い方だが、色々と想像はできる。

というのも、まずはこの屋敷を見るだけでどれだけの資産を持った家なのか、ということは誰でも分かる。つまり大金持ちだ。しかも超のつく。

その観点からいくと能力者の家系だろうが通常の家系だろうが、お金持ちである限り逃れられない繊細な問題は存在する。

それは相続問題だ。

ニイナは他にも色々な可能性を考えながら秋華に聞いた。

「秋華さん、いいですか」

「どうぞ、マネージャーさん」

「はい、ではまず、それはここでお話しても大丈夫な内容でしょうか。ここは随分とオープンな建物で外からも中がよく見えるようですが」

これもまた婉曲な聞き方をする。しかし、秋華はニイナのこの言い方に真剣な表情を作ると大きく頷いた。

「大丈夫よ。ここは事前に盗聴器や能力者による〝覗き〟が不可能なように結界を敷いているわ。それとね、窓にはちょっと細工がしてあって読唇術ができないようにしているわ。私たちの口の動きを読もうとすると別の会話に読み取れるようにしてあるの。だから、ここに案内をしたのよ」

この説明に祐人が驚く。

それほどに厳重な警戒なのだ。

そして何よりも、ここは名門黄家の敷地内。

一体、誰から護衛するというのか。

というより逆に言えば誰を警戒しているかは自ずと絞れてきてしまう。

「分かりました。それではこちらは雇われの身ですが、護衛のために必要な質問をしますがいいですか」

「もちろんよ。すべて答えられるかは分からないけどできる限り答えるつもりよ」

「では何点か聞いていきますが黄家の今のご当主はどなたですか？　それと健康状態は？」

「ふふふ……いきなり踏み込むわね」

秋華は呆れたような、それでいて喜んでいるような何とも言えない表情をして肩を竦める。それをニイナは見て、ある程度の確信を得た。

（たしか黄家には黄英雄という長男がいたはずです。四天寺の入家の大祭にも参加していたので覚えています）

「現当主は私の父よ。名前は黄大威。それで健康状態だけど……」

これは跡目争いの可能性がある、と。

「今、病床に臥せっているわ。もうかれこれ三年になるわね。最近になって容体が急変してね……なんとか持ちこたえているような状態よ」

（やっぱり）

ニイナは眉一つ動かさずに質問を続けていく。

「黄家には分家や派閥があるのですか？　黄家の跡目の決定の仕方はどうなのでしょうか」

「派閥に関してはない、と最近までは思っていたのだけど、あるみたいだわ。それと後継者選びの要素は何点かあるけど基本は実力よ。私たちは能力者、力がなければどんな理由であれ没落は免れないわ。それがあった上での他の要素よ。まずは直系であること。コミュニケーション能力、人望、決断力などが見られているのでしょうね」

「ふむ、最近知った。それで直系の方は何人ですか？」

この質問に秋華はニッと笑う。その顔は、知っているでしょうに、といったものだ。

「二人よ。私と私の兄」

さすがにここまでの話の流れで祐人も大体の流れが読めてきた。

そうなった事情はまだ分からないが黄家の後継者争いが絡んでくるとは、と目に力が籠もる。

祐人は黄英雄を知っている。

性格や性情は別にして新人試験でランクAを取得した実力者だ。

四天寺家の入家の大祭ではバトルロイヤルを勝ち抜き、その能力の高さを証明した。

トーナメント初戦で纏蔵に敗れたがこれは相手が悪すぎるだけだ。

（黄家としてはあいつが跡を継ぐのに何の問題もないはずと思うけど何があったんだ？）

「つまり派閥があると知ったタイミングで、うちの堂杜に仕事の依頼をしたということですね」

「そうね」

これはニイナの想像だが派閥はないと思っていたのにあると知ったのは、自分を推す派閥がいつの間にかにできており、それがコンタクトをとってきたということだと想像した。

ということは、だ。

秋華が危惧しているのはまさに身内からの攻撃に対してということになる。

名家や資産家にはありがちな状況だが、ニイナは能力者の家系はどうにも血生臭くなるように感じてしまう。それは四天寺の大祭をみてそう思うのだ。

どうにも能力者の世界は一般社会の常識と違うようだ。

その最も違う点は命の価値が安い。

まるで大昔の人間たちみたいだ。

「ちょっと待って、秋華さん。後継者に関してはあいつ……英雄お兄さんで固まっていたんじゃないの？　だって新人にしてランクAを取得したし実力的にかなり将来有望株でしょう。秋華さんのことは分からないけど秋華さんはランク試験すら受けてないはずでしょう」

祐人の言いたいことは分かる。

黄英雄は実力的に考えて問題なく次期当主だろう、ということだ。ましてや直系、長男である。まったく問題がないのではないか。

ニイナもその点が引っかかっていた。

「そうなのよねぇ。私もそう思ってたんだけど……あることで状況が一変しちゃったの。本当に困ったわ」

「え⁉　あることって何？　何かあったの？」

「もう、お兄さんも目の前で見てたじゃない。あれが問題だったのよねぇ。予想外だったわ」

「え、目の前？　目の前って……うーん？　あ、まさか」

「そう！　入家の大祭で変なマスクをした能力者にあっさり負けちゃったことが問題になったっぽいの」

「ええ――!!」

「ええ！」

祐人とニイナは同時に驚く。

「しかもねぇ、お兄ちゃん、ママやパパに相談せずに勝手に参加したから、これも一族の逆鱗(げきりん)に触(ふ)れちゃって大変なのよ。まあ、世間から見たら黄家の嫡男(ちゃくなん)が勝手に四天寺の婿(むこ)に立候補したってことは黄家を捨てたと思うよねぇ。しかも負けてくるって格好が悪すぎ。一応、大祭って秘事ってことになっているけど噂は止められないでしょ？　黄家の面子が丸つぶれなのよ。それで私を跡継ぎに、っていう派閥ができちゃって」

「うわぁ」

「それはちょっと……お兄様も軽率すぎ」

「まあ、参加しなよ！　って、たぶらかしたの、私なんだけどね。えへへ」

「「はあ⁉」」

秋華が舌を出しておどけると、ここまで真面目を通してきたニイナもさすがに大きな声を上げる。

「笑い事じゃないです！　それじゃあ、英雄さんを推す派閥の方たちはハメられたと考える人も出てきますよ！　考えようによっては秋華さんが次期当主の座を狙っていると思われても仕方ないです」

「そ、そうかなぁ。今、考えるとそうとれなくもないかもしれない、かもしれない？」

「秋華ちゃん」

秋華の横に座っている琴音は心配そうな表情だ。

「あ、あなたって人は」

「いやぁ、ほら。まさか負けるとは思わなくてさ。お兄ちゃん、ああ見えて結構強いし。でもなぁ、あの〝てんちゃん〟っていうのが悪いんだよ！　あの人がいなければここまで話が悪化しなかったのに！」

「え――――！　何で⁉」

実は身内の祐人が極度に反応する。

ちなみにニイナもてんちゃんが祐人の身内だと知っている。

「だって、あの人がいなければお兄ちゃんが勝ち残ったかもしれないじゃない。お兄ちゃんは元々、婿に行く気はなくて瑞穂さんのために大祭を潰しにいったのよ」

「え？　それって」

うん？　どこかで聞いた話だ。と思いながら祐人は聞き返す。

「お兄ちゃんは決勝までいったら辞退して、改めて瑞穂さんにお見合いの申し出をするつもりだったの」

「へ、へー」

「それなのに、あの欲望の塊みたいな変態マスクに負けて、しかもあの変態マスク、年齢を偽っていたのよ！　本当だったら失格なのに真っ当な理由で参加してきたお兄ちゃんが可哀想……本当、あの変態マスクは許さないわ」

「うっ！」

さめざめと語る秋華を見て祐人の顔色が一気に悪くなる。

口を閉ざすニイナも顔色が悪い。

「とにかく本人から謝罪させたいと思っているわ。もし、本人が謝らないなら代わりに親族が謝るべきよ。いるかどうか分からないけど子供とか孫とか、そう孫とか！　特に孫！」

「えぇ――――!!」

「たしかにうちのお兄ちゃんも悪いところはあったけど、あれのせいで次期当主の座も追われそうなのはあんまりだわ。あのマスクがいなければ負けることもなかったし、あの後すぐに変なのが襲撃してきて混乱状態だったし。混乱が収拾したあと、運営がまだ瑞穂さんと戦いたい人って聞いたら堂杜のお兄さんしかいなかったからお兄さんと決勝になったけど、もしうちのお兄ちゃんが残っていたら間違いなく手を挙げていたわ」

この辺から自分がそそのかしたことは省いて語る秋華だが可能性としてはあり得る話ではある。

「ああ、可哀想なお兄ちゃん。しかも、しかも！　それが発端でこの可愛い私まで身内から襲われるかもしれないという状況になっちゃったの。言いかえればすべて！　てんちゃんのせい！　さらに言いかえればその親族の責任！　その責任は孫まで及ぶわ！　間違いなく孫まで！　もし、いればだけどね」

ガクガクと震えて大量の汗を流す祐人は上手く言葉が出てこない。

ニイナは秋華の言い様に、秋華が〝てんちゃん〟が祐人の祖父だと知っていることに気づいたが、確かに祐人の責任がまったくないかといえば、ないとは言えないので乾いた笑いをしている。

というのも祐人はてんちゃんが自分の祖父で年齢詐称のことは知っていたのだ。

この時点でアウトである。

「だから堂杜のお兄さん、私を守ってくれるかしら？」

「もちろん！　おお！　もちろん、だよ！　全力でやります、秋華さん！」

「ありがとう、お兄さん。それでマネージャーさんは？　引き受けてもらえるの？」

「……はい」

「じゃあ、契約書にサインしてね。変なことは書いてないから。マネージャーさんが確認したらいいわ」

ニイナが確認して祐人がサインする。

「はい、契約完了っと。じゃあ今日からよろしくね！　お兄さんは二十四時間、私と琴音ちゃんから離れちゃダメだからね！　どんな時も！」

秋華の前には何故か項垂(うなだ)れる祐人とニイナが座っていたりするのだった。

第3章　護衛開始

「堂杜さん、私は秋華さんから貸して頂いた部屋に行きます。何かありましたらそちらに連絡ください。それと一日の出来事をできるだけ報告が欲しいです。いいですか？　ちょっとでも疑問に感じることがあったら相談してくださいね」

「分かった、ニイナさん」

ニイナは二部屋ある豪華な客室に案内されており、アローカウネと共にそこを使わせてもらうことにした。

また、祐人は秋華の自室のすぐ近くにある空き部屋を使うようにと申し渡された。

祐人の仕事は二十四時間の警護なのでそれはいいのだが、二人は少々、疲れの見える顔で互いに見つめ合うと大きくため息を吐いた。

つい先ほど契約を交わした後のことだ。

ニイナは琴音がここにいることをおかしいと考えて秋華に琴音を家に帰すことを勧めた。

何故なら偶然約束していたとはいえ自分が危ないにも拘わらず、友人を近くに置くのはおかしい。危険に巻き込むだけだ。さらに護衛を担う祐人にしてみれば負担が増えるだけで何の益もない。

ところが、その時の秋華の答えはこうだ。

「何を言っているの？　琴音ちゃんが私のそばにいるから私が安全なんじゃない。いい？　琴音ちゃんに何かあったら三千院家が黙っているわけがないのよ」

「……え？」

「私を狙っている連中は私を殺して、はい、おしまい、の連中じゃないの。派閥は違えどその後、黄家を盛り立てていく気ではいる連中なのよ。それが名家三千院家との火種を作りたいわけないじゃない。琴音ちゃんに何かあったら戦争ものだわ。ましてや黄家の人間が犯人となれば悪いのは一方的にこちら。どこも庇ってはくれないわ」

「ちょ、ちょっと待ってください。それじゃあ、あなたは友達を盾に」

「違うわよー、マネージャーさんは私を何だと思っているの？　あのねー、友達想いの琴音ちゃんは私のために！　ここにいることを選択したのよ。ああ、なんて素晴らしい友達を私は持ったのかしら！　大好き、琴音ちゃん」

秋華はそう言うと微妙な表情で笑っている琴音に抱き着く。

「だから言ったのよ、お兄さん。私と琴音ちゃんを守ってね、って」

秋華はとても可愛らしい笑顔をそこにいる全員に見せた。

ニイナは眉間を右手で軽く摘まむ。

「堂杜さん、私、あの子の笑顔が若干、怖く感じられるのですけど変かしら？」

「あはは……僕も今、思い出したよ、秋華さんはあの黄英雄の妹だったってこと」

まさに、あの兄にしてこの妹あり。

周囲の人間を当たり前のように自分のために使う。

（いや、使っているつもりすらない？　息をしている感じ？）

「黄家って」

「そうだね、すごいね、黄家って」

ニイナと祐人が軽く項垂れると元気な声が響いてきた。

「お兄さーん、いつまで話をしているのー。もう仕事は始まっているんだからね！　今から私と琴音ちゃんはショッピングに行くから付いてきてー」

「分かった！　今、行くよ！」

祐人は慌てて秋華たちに駆け寄り、ニイナは祐人たちを見送る。

「命を狙われているのにショッピングって、一体、どういう神経しているのですか！」

そう突っ込みを入れるニイナだが、すぐにアローカウネとともに自分たちの部屋に向かう。ただ祐人を待っているだけでは自分がついてきた意味がない。

（できれば黄家の当主、秋華さんのご両親にお会いしたいですね。この状況をどうお考えなのか聞いてみたいです）

ニイナは部屋で支度をして黄家の人間たちへの接触を試みようと考えていた。

祐人は黄家の高級車の助手席に座り、移動中にも周囲に気を配り警戒を怠らない。

そう、怠っていないのだが後ろに座る護衛対象の少女たちの質問攻めで集中力が散らされそうになる。

「ねえねえ、お兄さんって女の子の好みは何？」

「え!?　好み？」

「そうそう、性格とか顔とかスタイルとか服装とかあるでしょう？」

「あ、秋華さん、僕は仕事中だから、そういうのは」

「何を言っているのよ、分かってないわねぇ、お兄さんは。これも仕事の中に含まれているのよ。そう契約書にも書いてあったでしょう」

「え、どういうこと⁉　そんなこと書いてあったっけ？」

「あったわよ。〝護衛するために必要な策はすべて講じること。護衛対象の心身にも気を配り、そのために必要な行動、アドバイスをする。また、それら行動の諸経費は依頼主が負うこととする〟って」

「うん、あったね。でもそれが何の関係が？」

「お兄さん、私たちはね、本当はいつ狙われるか分からなくて怖いの。今も無理して笑っているのよ」

突然、秋華の顔が真剣なものに変わり、自分の二の腕を掴む。

「あ……」

祐人は秋華と琴音を交互に見つめる。たしかに秋華は身内から命を狙われるという状況だ。また心優しい琴音は友人として横にいることを決めている。

いくら元気そうにしていても本当は違うのかもしれない。

本来、能力者といえど皆が実戦経験があるわけではない。

祐人の戦闘経験数が異常なのだ。

そう考えれば彼女たちの心のケアは確かに必要かもしれない。いざというときに恐怖でパニックにならないように信頼関係の醸成は不可欠に思えてきた。

「心身にも気を配り、ってあるでしょ。それはわざわざ入れたのよ。私たちはいくら能力者といってもまだ十四歳の女の子。だからこうやって私たちの身体だけじゃなく心のケアもして欲しいの」

秋華がしおらしくそう言うと祐人は安心させるように笑った。

「分かったよ。ごめん、僕がもっと気を配らないとダメだったね」

「じゃあ、お話もしていい？」

「もちろん、いいよ！」

祐人はこのような雑談で気が紛れるならお安い御用だ、と思う。

「じゃあ、話を戻すけど女の子の好みからね！　琴音ちゃんも聞いておいた方がいいよ！」

「あ、はい……えっと、それじゃあ、女の子の可愛いと思う服装ってありますか」

秋華に促されると琴音はカアッと赤くなった顔でたどたどしく聞いてくる。

その初々しい態度に祐人も少し照れる。

「う、うん、そうだなぁ」

「はい！　早く答えてね、お兄さん。その後は好みの髪型とスタイルを教えてね。そうだ、女の子からして欲しいことランキングを十個と言われたい言葉ランキングをシチュエーション別に十個ずつお願いね！　あ、大事なこと忘れてた、結婚感も必須だわ！　ね、琴音ちゃん」

「は、はい、是非、聞きたいです」

「うへ⁉　そんなに？」

祐人はデパートに着くまでの間、質問に答える作業のみに集中させられたのだった。

（ほ、本当にケアに必要なものなのかな⁉）

質問に一通り答え終わりドッと疲れを感じる祐人に秋華が思い出したように口を開いた。

「そうだ、お兄さん。お願いがあるんだった！」

「な、何かな、秋華さん」

今度はお願いときたかと今更ながら身構える。

「それよ、それ。その〝秋華さん〟っていうの」

「うん？」

「それって何かよそよそしく感じるから、秋華って呼び捨てにするか〝ちゃん〟づけで呼んでほしいわ。ね、琴音ちゃんもそうだよね」

秋華に問われると琴音は驚いて恥ずかしそうな表情を見せたが、秋華から祐人に視線を移し頷いた。

実は事前に秋華に言われていたのだ。

「琴音ちゃん、呼び方ってとても重要なのよ。それだけでお互いの距離感が分かるしょう」

「はい？　そうですかね？」

「そうよ！　だって想像してみてよ。堂杜のお兄さんが〝琴音さん〟と呼ぶのと〝琴音〟とか〝琴音ちゃん〟って呼ぶの全然違うでしょう」

琴音は自分の顔を見つめてくる祐人が「琴音、元気かい？」と聞いてくる場面を想像するとボンッと顔を赤くする。

続けて今度は「琴音ちゃーん、こっちに来なよ！」と自分を呼ぶ祐人を想像し体がポカポカ暖かくなる。

「そ、そうですね、たしかに全然違います」

「でしょう？　自然とそういう呼び方になるのが理想だけどこういうのは形から入るのも大事だと思うのよね。よし、堂杜のお兄さんが来たらお願いしちゃお」

「はい！」

普段控えめな琴音がこの時は即座に頷いた。

「はい、堂杜さんでしたら私は呼び捨てで構いません」

「ええ!?　うーん、呼び捨てはさすがにできないかな。二人に失礼というか馴れ馴れしくない？」

「ええ、気にすることはないのにぃ。じゃあ、ちゃん付けならいいでしょう？　私たち本人がそうして欲しいんだし。これもあれよ、心のケアよ、お兄さん」

（何か、秋華さんが言う心のケアって何でもありに聞こえてくるのは僕だけだろうか）

だが考えてみれば大したことではないかもしれない。本人たちがその方がいいと言っているならば頑(かたく)なに断ることもないだろう。

「そうだね、じゃあ、ちゃん付けで呼ばせてもらおうかな」

「やったー。よかったね、琴音ちゃん！」

「はい」

秋華も琴音も笑顔になる。

ところが突然。祐人の脳裏にニイナの顔が浮かびハッとする。

祐人の脳裏でスーツ姿のいかにもできる女といった感じのニイナが言う。

〝依頼主と適度な距離を保つのがプロです。祐人さんは依頼主が女性だと馴れ馴れしくなるという風聞が広まってもいいのですか？　今後の仕事に悪影響(あくえいきょう)が出ないようにしてください〟

祐人は顔を青ざめさせる。

「ああ！　やっぱり駄目！　うん、依頼主と馴れ馴れしいのは駄目だ」

「ええ⁉　ひどーい！　今、いいって言ったのにぃ！」

秋華がそう言うが祐人は首を振る。

すると琴音がおずおずと手を挙げる。

「あ、あの堂杜さん」

「うん？」

「私は、その、依頼主じゃないですので」

「あ、そういえば」

祐人は潤んだ瞳で見つめてくる琴音を見つめ言葉に詰まる。

しばらくすると祐人は諦めたように頷いた。

「分かったよ。琴音さんは琴音ちゃんって呼ぶね」

「はい！」

琴音は再び喜び、秋華は「ずるい、ずるい」と文句を言ってきたが、秋華だけは祐人は首を縦に振らなかった。

この時、祐人たちの乗る黄家の車に目を向ける複数の人間たちがいた。

だがそれらの人物たちに共通点はない。

アジア系、白人、黒人と様々な人間たちであり、歩道、ビルの上、車、とそれぞれの場所からそれぞれの方法で見つめている。

「チッ、厄介（やっかい）だな」

ビルの上から見つめる一団は白人とアジア系の三人のグループだ。

「どうしますか？」

「もう少し様子を見るぞ。まだ焦（あせ）ることもないだろう」

「しかし、ここは悠長（ゆうちょう）に構えずに早めに仕掛（しか）けた方がいいのでは？　もう事態は動きだしています」

「分かっている。だが慎重（しんちょう）さは必要だ」

そう言うとビルの上の一団は姿を消した。

◆

デパートに到着して数刻たち、祐人たちは婦人服のフロアに入り浸（びた）っていた。

祐人は護衛として警戒を怠らず周囲に目を光らせている。

光らせているのだが、

「見て見てー、お兄さん！　この服、似合うかしら？」

試着室から出てきた秋華は上機嫌に新作のブラウスとスカートを身につけて一回転する。

その様子はとてもじゃないが狙われている自覚があるようには見えない。

「う、うん、とても似合っているよ」

「本当に？　どこが？」

「え⁉　どこ？」

「そう、お兄さんから見て、どこがいいか教えて」

しかも終始このように秋華は祐人に意見を求めてくる。

自分自身にファッションセンスがあるとは思わない祐人にとってはとても難しい質問だ。

しかも適当なことを言うと秋華はすぐに見抜いて許さないのだ。

（ひー、護衛に集中しづらい……これも心のケアなのか？）

しかたなく祐人は真剣な眼差しで秋華の全身を見つめ、印象を言葉にしようと努力する。

祐人にジーッと体を見つめられると少しだけ照れくさそうにする秋華は隣の試着室に声を掛けた。

「琴音ちゃーん、どう？　もう着替えた？」

「あ、はい！　ちょっと待ってください、スカートが思ったより短くて」

「ふふふ、いいから早く出てきな……さい！」

「きゃ！　秋華ちゃん！」

秋華が強引に琴音のいる試着室のカーテンを開けてしまう。

すると中にはいつもと雰囲気の違う琴音が体を庇うように顔を赤くして立っていた。

どちらかというと琴音は落ち着いた雰囲気の服装を好んでいるように思っていたが、今の琴音はその真逆。

ノースリーブのブラウスに膝よりもずいぶんと上でゆれるスカートを身につけていた。

「か、可愛い!!　琴音ちゃん、私の見立てに間違いないわ。琴音ちゃん、思ったより胸があるのよねぇ。将来有望！　羨ましい！　ずるい！」

秋華は思わず琴音に抱き着いて夢中に頬ずりをしている。

「ちょ、ちょっと、秋華ちゃん、離れて」

「もう、琴音ちゃんは清楚な顔に幼さが残っているのに、体は発育しているなんて……末恐ろしい子だわ！　歩く背徳感だわ！　お兄さん、どう？　この歳にしてこの色気！」

興奮しきった秋華は琴音の体を好きにまさぐりながら聞いてくる。

祐人はどう返答すべきか分からずに笑顔だけ見せた。

「いやぁ……それ嬉しくないです！　秋華ちゃん、いい加減に」

「ほれほれ、良いではないか、琴音ちゃん。私からは逃れられないわよ～、我が家でも一番、関節技が上手いんだから。ああ、私は好きよぉ、琴音ちゃん」

しつこく抱きつく秋華と涙目で抗う琴音が絡み合ったままそうしていると二人の少女の衣服は乱れて祐人は目のやり場に困る。

ついに周囲からの視線が集まり始め、あまり目立つのは護衛としても良くないと祐人は考えると琴音から秋華を引きはがした。

「ああもう、何故か私の体術はお兄さんには通用しないのよねぇ」

「秋華さん、琴音ちゃんも嫌がっているから、もうそれぐらいにして……う⁉」

「もう！　秋葉ちゃんはすぐ悪ふざけするんですから！　堂杜さん、ありがとうございます……どうされました？」

ほっと息をつく琴音が祐人にお礼を言うが祐人があらぬ方向に顔を向けていることに首を傾げる。

「あ、いや、琴音ちゃん、衣服がね、その……乱れててね」

「あら」

「え⁉　い、嫌ぁぁ！」

かなりきわどい格好になっている琴音は自分の姿に気がつくと悲鳴を上げた。

慌てて衣服を整えると涙目で秋華に抗議をして秋華は平謝りをする。

「何でいつも秋華さんはそういう！」

「琴音ちゃん、ごめん、許してぇ。こっち向いてよぉ。あ、そうだ！　今度、美味しいスイーツのお店に連れていくから！」

「え……本当に？」

「本当よ！　もちろん、おごるわ。だからね、許して、ね、ね」

「もう……」

「えへへ、やったぁ、琴音ちゃん、こっち向いた。実はね、琴音ちゃんが喜ぶと思って色々、調べておいたんだよ。琴音ちゃんの家は厳しいでしょ？　だから、うちにいる間にいっぱいいろんなところ案内しようと思ってたの」

「うわあ、秋華ちゃん、ありがとう」

元々、優しく素直な琴音はこの秋華の言葉が嬉しかったのか素敵な笑顔を見せた。

実際、秋華の言うことは本当なのだろう。

先ほど車中で聞いたが、実家ではほぼ外出はせずに精霊使いとしての修行と三千院家としての立ち居振る舞いを身につける習い事で一日が終わることがほとんどだったと言っていた。

また、普段は着物ですごしていることが多いせいか、今日のショッピングも琴音は明らかに慣れていない感じで、どこかオドオドしながら、しかし目をキラキラさせてアイテムを見ていた。

そんな琴音を秋華が終始リードして、ブランドの説明や今年の流行りの色などを教えていくと琴音も徐々に慣れてきたのか、自分から秋華に色々な質問をするようになった。

若干、秋華が自分の趣味全開の服を琴音に着せて喜んでいる節もあったが、琴音自身はそれも楽しんでいるように見えた。

（この二人は本当に相性がいいのかもな）

祐人も最初は呆れた様子で秋華を見つめながらも二人の少女の仲の良さには微笑ましく感じてしまう。

とはいえ緊張感がこれっぽっちも感じられない秋華にはどうにもついていけないところはあった。

（秋華さんの話だと本当は怖がっていて無理して明るく振る舞っている、ってことだけど、心から楽しんでいるようにしか見えないんだよなぁ）

本心がまったく読めない秋華を考えても仕方がない。何はともあれ自分の仕事は決まっているので祐人は再び周囲を警戒した。

自分も緩み、万が一があっては取り返しがつかない。

「うん？」

祐人の目が光る。

そして天井の高いデパート内のフロアへ目を向けた。

見渡すかぎり続く婦人服売り場はショッピングを楽しむ女性客と各ブランドの店員がおり、別段変わったところはない。

（誰か見ていた？）

表情は変えずに目と皮膚だけを頼りに周囲を確認する。

（気のせいかな）

視線を感じたように思ったが、そもそも秋華たちが目立つので周囲の視線を集めてしまっている。

そのため祐人はどの視線に注意すべきか絞りきれない。

「あれ？　どうしたの、お兄さん」

「いや、今、視線を感じたんだけど気のせいだったかもしれない」

その祐人の発言に反応した秋華の女性の従者二人が露骨に周囲を威圧するように睨む。

「へー、まさかこんなに早く動き出したのかしら」

　秋華が感心したように言うと琴音も能力者の顔を見せる。

「堂杜さん、私が〝風〟で周囲を探りましょうか」

「あ、ちょっと待って琴音ちゃん。まだ分からないし勘違いかもしれない。というのもまったく殺気や害意を感じないから」

　秋華は従者たちに顔を向ける。

「ふーむ……まだ買いたいのがあるんだけど、どうしようかな。お兄さん、どんな感じ？」

「うーん」

　判断を聞かれて祐人は考える。

　正直、黄家の屋敷に帰っても安全とは言い切れない。それどころか今回の秋華の現状を考えると家の方が危険かもしれない。

「秋華さん、まだまだ秋華さんから聞かないといけないことも多いし、家に帰るのもありかな、とは思う」

「そう……」

　祐人の言葉を聞くと秋華は心なしか寂しそうに眉を寄せて琴音の方に顔を向けた。

　琴音も残念そうではあったが異存はないというように頷く。

祐人はこの二人の様子を見つめると口を開いた。

「いや、まだ買い物を続けようか」

「え？」

秋華と琴音の視線が祐人に集まる。

「その分、僕がしっかり警戒するから。でも、僕が危ないと思ったらすぐに移動するよ」

「分かったわ！　やった！　もうちょっと見よ、琴音ちゃん」

「はい！」

「あとはパジャマと下着を見に行くわよ！　お兄さんもアドバイスしてね！　はい、出発！」

「そんなのアドバイスできるわけないでしょ！」

もちろん、祐人の話など聞かない秋華は意気揚々（いきようよう）と琴音の手をとって移動を開始した。

婦人服売り場からエスカレーターで下る三十歳前後に見える男女が同時に大きく息をはいた。

男女ともに白人で上海の有名デパート内に相応（ふさわ）しい小綺麗（こぎれい）な格好をしている。

「あの少年、どれだけ鋭（するど）いのよ。ちょっと確認がてらに視線を送っただけよ。しかもサングラス越しにね」

　そう言うと女性はサングラスをとって呆れたかのような声を上げた。

「ああ、しかもこちらに動く気がないというのも見抜いているようだった」

「情報以上ね。というより情報をもらった時も信じられないほど驚いたのに、どういう能力なの。近接戦闘特化型とは聞いていたけど」

「まあいい。その辺はまた作戦を練ろう。それでどうだった？」

「ええ、いるわ、いるわ。同じフロアには私たち以外には一人。違うフロアと外には三グループはいるわね」

「こちらに気づいている奴らはいないだろうな」

「いないわよ。私を誰だと思っているのよ。あの少年以外は気にもとめていないはずよ」

「そうか、一回、試してみるか」

「あ、ちょっと待って。どこかのグループが動きそうだわ」

「ほう、ちょうどいいな。すぐにこちらも準備するぞ、お前は特等席を探してくれ」

「はいはい」

　男性はそう言うとニヤッと笑みを見せた。

ようやく買い物を終えて秋華たちはデパートの用意するタクシーで駐車場へ向かった。

タクシーで駐車場へ？　と思われるかもしれないが、ここの一般客は機械式の駐車場に駐め、特別な上顧客はデパート管理の高級車専用の駐車場ビルが用意されている。

このビルは地価の高い上海において駐車場だけのビルにも拘わらず1000㎡と広く土地を使うという贅沢な作りになっている。

建物は八階建てで各フロアによって占有する企業が異なっており、デパートが保有する階は三階となっている。

(こんな世界があるとは知らないよなぁ。お金持ちへの待遇が別次元だよね)

駐車場には人員を割き、車を見張り、お客様が来れば車をすぐに回して一切、荷物などは持たせせない。また、お客様のお抱え運転手の休憩場のような場所まである。

タクシーが駐車場一階の入り口に着き、警備員に認証カードを見せているその時、助手席に座る祐人はジロリと上へ視線を向けた。

続いて左方向の大通り、反対側のビルの上にも視線を送った。

タクシーは承認受けてビル内に入り、三階フロアに向かっていく。

「どうしたの？　お兄さん、目が少し怖いわよ」

「秋華さん、琴音ちゃん、車を降りたらすぐに僕の後ろについて」

「……え？」

祐人の静かで真剣な声色に秋華と琴音はハッとしたように目を合わせる。

「まさか、襲撃なの？」

「まだ分からない。それと不審な連中は思ったより散らばっている感じがする。ただそのつもりで動くからね。さっきのデパートで感じた視線と同じ奴らかもしれない。遠距離、中距離からでも攻撃できる能力者がいたら厄介だから一旦、三階に行こうと思ってね」

「堂杜さん、私も手伝います。風で敵を探ります」

「待って、琴音ちゃん。相手はこちらが自分たちに気づいていないと思っている可能性が高い。だからこのまま普通にしてて。こちらに仕掛けてくるときは自分たちが不意を衝いたと思ってもらっている方が都合がいいから」

「分かりました」

琴音は役に立ちたいと思ったが、祐人の指示を聞いて俯く。

どうやら自分の考えの浅さを反省しているようだ。

実は琴音は祐人に護衛をすべて任せるつもりはなかった。

それどころかむしろ秋華の護衛には積極的に参加したいと考えている。

琴音は三千院の家中で術の修行をこなしてきたが、実戦の経験はまだない。

四天寺の大祭の時に実戦なるものを初めて見た、ぐらいだ。

だがそれだけでも琴音には衝撃的で当初、恐怖というものすら受け入れるのに時間がかかった。というのも、こんなにも簡単に人は傷つき、死んでしまうのかと現実の事象と理解のすり合わせに時間がかかったからだ。

今、その琴音が実戦の経験を欲している。

何故なら琴音は力を欲しているからだ。

「では堂杜さん、指示をください！　精霊術が必要な時は声を掛けて欲しいんです！」

琴音の思わぬ申し出に祐人は少し驚いた顔で助手席から振り返った。

何かを言いかけた秋華も口を閉ざして琴音の必死な横顔を見つめた。

祐人は決意の籠もった琴音の目を見つめると前を向いた。

この祐人の行動に琴音は無視された、もしくは呆れられた、と思い、両拳をスカートごと握りしめた。

だが、仕方のないことだ、とも思う。

自分の経験の無さ、未熟さを考えれば秋華の護衛の仕事をする祐人にとっては邪魔以外の何物でもない。だから秋華は自分も含めて護衛を依頼したのだ。

「琴音ちゃん、十秒以内で自分のできる術の種類を教えて」

「え？」

顔を上げた琴音は祐人が言った言葉の意味が一瞬（いっしゅん）分からなかった。

「早く！　もう三階に着くよ」

琴音は後ろから祐人を見つめる。

「は、はい！」

この時、祐人は朧気（おぼろげ）ではあったが琴音の気持ちが理解できた。

人は様々な理由で力を欲する。

（琴音ちゃんを駆り立てるもの……それは恐（おそ）らく）

琴音の実兄（じっけい）、三千院水重（みずしげ）の存在なのだろう。

その水重は四天寺の大祭の際に三千院家を捨て、ジュリアンたちと共に姿を消した。

水重を最も敬愛していた琴音が何も感じていないわけがない。

琴音はいつか水重と再会することがあるのだろうか。

それは祐人にも分からない。

だがもし再会することがあった場合、三千院家に残った琴音と、三千院家を捨てただけではなく機関と敵対する能力者たちと共に消えた水重。

祐人には最悪の状況（じょうきょう）も頭によぎってしまう。

（兄をあれだけ尊敬していた琴音ちゃんと力を示せない者に関心すらない水重さん。二人の道がもう一度、交差するとき）

戦闘になることも一つの未来だ。

水重の実力は精霊使いの遥か高みにある。

今の琴音など視界にすら入らない。

現状、彼女の生存率を上げるには実戦経験は不可欠だ。

この時、タクシーが三階の車止めのレーンで止まった。

祐人は氣の円を一度だけ広げる。

「三人はいるね。琴音ちゃん、僕のすぐ後ろについて。いいかい、僕の声を聞き逃さないで。秋華さんは琴音ちゃんのさらに後ろにいること。従者の方々は秋華さんの左右に」

「はい！」

「分かったわ！」

タクシーを降りるとコンクリートの壁を背景に祐人の言った通りの布陣をとる。

「琴音ちゃん。まずは実戦の空気を味わって。第一目標は無事でいることが琴音ちゃんの勝利だよ」

「はい」

祐人はまるで新人兵士を教育するように口を動かす。

祐人たちを降ろしたタクシーが車庫へ移動する。

すると、その入れ替わりに二人の男が駐車場の奥の暗がりから歩いてきたのが見える。

同時に祐人は充実した仙氣を全身に循環させる。

「時間がないから、心構えを簡単に言っておくよ。

・まず戦場に恐怖して。恐怖のない奴は生き残れない。

・次に冷静でいて。今日が初陣なら自分のできることは普段の半分と計算して。

・リスクを背負って。リスクのない判断はない。

・今日は僕を信頼して。僕の指示通りに動く！　以上」

祐人が言い終わると同時に謎の二人の襲撃者が跳躍した。

襲撃者は二人とも上下にスエットを身につけた男で、見た目は公園でランニングをしている一般人のような格好だ。

襲撃者の一人は跳躍後に天井に張り付いたかと思うとまるで天井が地面かのようにその逆さまのまま走る。

もう一人は水平に跳躍し祐人に迫った。

（こちらに来るのは僕を押さえる気か。だとすれば上の天井にいるのが本命の秋華さん狙

い）

祐人はそう分析するとまずは自分に飛び掛かってきた男に向き合う。

そして同時に指示を飛ばした。

「琴音ちゃん、風を前方に！　攻撃力はなくていい！　できる限りの強風！」

「はい！」

言い放つ祐人は琴音の返事は待たずにその場でバック転の要領で敵の跳び蹴りを寸前で躱すとそのまま両手を地につけ、同時に天井に向かって蹴り上げた。

祐人の強烈な蹴りが腰部にめり込み、あまりの苦痛に敵は息を吐きだす。さらにはそのまま直上の天井に吹き飛び、天井から走り寄ってきたもう一人の敵と激突した。

「グウ！」

襲撃者たちは天井にめり込むと重力に逆らえず落ちてくる。

そこに琴音の風精霊術が発動。

「風よ！」

（できる限りの強風を！）

ただ風を起こす術は基本中の基本。

極度の緊張に包まれる琴音でも発動は容易であり失敗はない。

琴音が右手を前方に振り上げると人が吹き飛ぶには十分な風が前方に発生する。

いつの間にか祐人は琴音の術の妨げにならない真横に立っていた。

天上から落ちてくる意識を失いかけた襲撃者たちは為す術もなく琴音の起こした風に乗り駐車場奥の壁まで吹き飛んでいく。

「警戒を解かない！　琴音ちゃん、土精霊術！　周囲のコンクリートの強度を上げる！」

「はい！」

琴音はすぐさま土精霊を掌握。周囲の建造物の石の密度を強制的に上げる。

いわば全体の石を近くに寄せるために十数メートル先の術の境目にあるコンクリートにひびが入る。

すると祐人たちのいる僅か三メートル程先の床が盛り上がった。

「ぐぁぁ!!」

悲鳴と同時に床から三人目の襲撃者が飛び出してきた。

床下のコンクリートを移動中に琴音の術で圧死しそうになり飛び出してきたのだ。

琴音は目を見開くが気づけば祐人はもう横にはいない。

祐人は飛び出してきた男の鳩尾に入れた拳を外し、意識を飛ばしたその男をその場に寝かしつけた。

「す、凄すぎ……お兄さん」

後方で秋華は驚きを隠せずにこの状況を見つめる。左右の従者も額から汗を流しながら見守るばかりだ。

祐人の一連の動作、指示はすべて敵を倒すことに繋がり、気づけば三分も経たずに戦闘は終了した。

祐人は一瞬、駐車場の外に顔を向ける。

(他にもいるな。でも動く気配がない。何だ？　こいつらは僕を測るための捨て駒か？)

そう思うと駐車場の外からの気配はすべて消えた。

「ふむ……まあ、いいや。さてと、こいつらはどうしようか、秋華さん」

祐人が振り返りながら秋華に尋ねると目の前の視界が何らかの布に覆われた。

(しまった！　まさか、まだ僕の気づかない敵が……って、柔らかい？)

「お兄さん、すごい！　かっこいい！　素敵！　見た、見た？　あなたたち見た？」

祐人の耳元から秋華の元気な声が聞こえてくる。

「ムームー！」

どうやら歓喜した秋華が祐人の顔にジャンピング抱きつきを敢行し、祐人の頭に頬ずりしてまったく離れない。

琴音は戦闘の緊張から解放され呆然とするが、秋華のはしゃぐ姿にようやく気付く。

「あ、秋華ちゃん、ずるいです！」

「琴音ちゃんもおいで！　それよりもいい？　あなたたち見たわよね！」

秋華は従者たちに迫るように祐人の活躍を確認している。

祐人の頭に巻き付きながら。

「ああ、もう最高よ、お兄さん。琴音ちゃんは胸に飛び込みなさいな」

そう言いながらもう一度、祐人の髪の毛に顔を埋めた。

「ムームー」

（苦しい！　息があぁぁ）

◆

「す、凄いわね。イーサン、どうする？　接触を試みる？」

「いや、今はまだ気が立っているだろう。日を改めるとしよう。それよりもナタリー、こちらに気づいているかもしれない。襲撃者の連中と一緒にされてこちらに来られては困る。おい、すぐに撤収だ！」

祐人たちのいる駐車場ビルのはす向かいのビル屋上でリーダーのイーサン・クラークは仲間に指示を出す。

「それよりもナタリー、他の連中はどうだ。動きはありそうか？」

「ちょっと待って」

ナタリー・ミラーは両腕を広げ、手のひらをかざしながらアンテナのように周囲へ意識を向ける。

「ないわね。半径五百メートル以内にいる連中しか分からないけどね。どこも撤収でしょう。あれを見せられたら十分だわ。どうする？　追跡してどこの組織か確認する？　ライバルのようだしね」

「頼む。とりあえず情報をまとめて報告だな。彼が黄家に来るという情報を手に入れたのは我々だけではなかったということだろう。それにしても三千院がいることは問題だ。この情報はなかった。しかも、さっきのように戦闘に参加してきたとなると」

「厄介ね」

「ああ、だがミッションを諦めるにはまだ早い。日本へ向かった連中に連絡をしなくてはな。ついでに三千院の本心も聞いておいた方がいい。後の禍根にならないようにな」

「ふふふ、まるで組織の中間管理職ね、イーサンは」

「黙れ、お前らがあまりに考えが無さすぎるんだ。いくぞ」

イーサンはそう言うと素早く移動を開始した。


祐人は黄家の車に乗りこんだ。

先程の襲撃者たちは三人とも従者たちに縛り上げられ、黄家に連れていかれることになった。すでに他の従者たちに連絡をしてこちらに向かってもらっているとのことだ。

祐人は助手席から従者たちを見つめて秋華に振り返った。

「当分は目を覚まさないとは思うけど、見張りはあの人たちだけで大丈夫かな」

「大丈夫よ、お兄さん。あいつらも黄家の端くれよ。気絶した手負いの奴らを逃すことはないわ。それよりも今は屋敷に帰りましょう」

「そうだね、分かった。でも、あの襲ってきた連中には色々と聞きたいことがあるから、僕もあとで……」

「いいの、いいの！　そんなのこっちに任せていればいいよ、お兄さん！　そんなことよりお兄さんの仕事は私たちを守ることでしょう？」

「え？　うん、まあそうだけど」

「お兄さんは私たちから離れずに報告だけ待っていればいいから！　それよりも琴音ちゃ

ん！　大活躍だったね！」

「ひゃ！　秋華ちゃん！　い、いえ、あれは堂杜さんの指示度通りにしただけで」

背後に座る満面の笑みの秋華が琴音に抱きつき会話どころではなくなり祐人も困った笑顔を見せる。

（まあ、たしかに秋華さんの言う通りか。他の気配は消えたけど、このタイミングでもう一度、襲ってこないとも限らない。僕は僕の仕事を全うするしかないか）

「二人とも疲れているとは思うけど、一応、屋敷に戻るまで警戒は解かないでね。さっきまでこちらを覗いている連中が何人かいた。襲ってきた連中の仲間かは分からないけど敵は複数の能力者に依頼を出しているかもしれないから」

「はい！　堂杜さん」

「え？　さっきとは違う連中!?　何で!?」

琴音は真剣な顔で頷き、秋華は非常に珍しく狼狽えたように驚いていた。

「それは分からない。気配は消えたけど別の場所に移動しただけかもしれない。屋敷まではそんなに遠くないし、さっきの僕たちの動きを見ていただろうから軽率には襲ってこないと思うけどね。とりあえず念のためだよ。勝ったと思った時が一番、緩むから気をつけて、琴音ちゃん」

「はい、分かりました。ありがとうございます、堂杜さん」

「うん」

琴音に大きく頷き、祐人は前を向く。

厳密に言えば黄家の中に敵がいるのだ。家に帰ることがイコール安全とは言い切れない。

この辺の黄家内の人間関係や配置、秋華が考える敵の候補を聞かなくてはならない。

（秋華さん、抜け目がないわりにこの辺の説明が適当なんだよな、よく考えれば一番重要な話だよ。場合によっては屋敷にいるよりも身を隠すという選択肢だってあるんじゃ……帰ったらこの辺をはっきりさせておこう）

祐人はそう考えるとすぐに護衛モードに頭を切り替えて周囲に警戒の視線を送った。

この時、後部座席では秋華が神妙な顔で考え込む仕草をしている。琴音も秋華の様子が変わったので首を傾げる。

「他の連中？」

秋華は自分にしか聞こえない声で呟き、自問自答するように頭を回す。

「秋華さん、どうかしましたか？」

「うん？　あ、何でもないわよ、琴音ちゃん！　そうだ、琴音ちゃん、帰ったらすぐに私の部屋に来てね。色々と準備したいから」

「は、はい、分かりました」

「ふふふ、楽しみましょうねぇ〜！」

いつもの陽気な声で秋華は言うと琴音に抱き着く。いつもの秋華の行動パターンであるので祐人も琴音も何とも思わなかったが、秋華は琴音の耳元に何やらを囁いた。

琴音は目を広げて秋華と至近で目を合わせる。

二人は若干、頬を紅潮させて頷き合ったのだった。

◆

ニイナは秋華から案内された部屋で少しの間、休憩をとっていた。

茶器を借り、アローカウネが淹れた中国茶に口をつけて時計を確認する。

（堂杜さんたちはもう出て行ったわね）

ニイナはアローカウネに指示して黄家の使用人を呼んでもらった。

「何か御用でございますでしょうか」

「はい、申し訳ありませんが、この度、屋敷にお邪魔をしているにもかかわらず黄家のご主人に挨拶ができていません。できればご挨拶をしたいと思うのですが取り次ぎをお願いできますでしょうか」

必ず断られると分かってニイナは言っている。秋華から病に臥せっていると聞いているのだ。さらには後継者争いが起きているということは現当主に判断力と力がないと思われているということ。

つまり、相当、容態が悪いのだろうと想像できる。

だが、断り方というものがある。

その相手の断り方で色々と状況を想像できる、とニイナは考えているのだ。つまりこれも情報収集の一環なのである。

(この場で病気のために無理と言われれば、秋華さんの母親への面会をお願いしましょう。それも断られるかしらね。さて、どうなるでしょうか)

ニイナは秋華の依頼について色々と調べようと考えていた。

というのもニイナは秋華が今回の護衛の依頼についてすべてを語っているとは思えなかった。

たしかに祐人の仕事は護衛であり、受けた以上は余計な事を考えずに仕事を全うしていればいいのだが、能力者の家系で名門黄家の内紛となれば祐人の身も危険だと思うのだ。

ひたすらに秋華たちを守るのもいいが、誰から守るのかくらいは絞っておきたい。

敵を知っている、知っていないで戦いの危険度は大分変わるだろう。

ただ黄家内の内紛は普通に考えれば他者に知られたくはないものだ。

実際、秋華は聞かれれば答える、というスタンスに徹しており、逆に言えば聞かなければ何も教えてこない。

それは自由気ままに見える秋華もこの点を考えているのかもしれない。

(私の方でできる限り情報収集をします。今、知りたいのは秋華さんの兄、英雄さんの所在とその取り巻きの人たちの名前。あとは現当主の妻……秋華さんのお母さんは黄家のこの現状を知っているのかは是非、知りたいです)

ニイナが使用人に訓練された笑顔を向けると使用人からは意外な回答が返ってきた。

「いえ、秋華様のお連れ様でございますので、そこまでお気を遣われなくとも大丈夫でございます。ですが承知いたしました。今、主に伺って参ります。少々、お待ちください」

一瞬、ニイナは驚くがそれを表に出すことなく返事をする。

「ありがとうございます。こちらからの勝手な申し出で逆に失礼だったかもしれませんがよろしくお願いいたします」

黄家の使用人は頭を下げると部屋を出て行った。

「ニイナ様、大丈夫でしょうか」

「ええ、大丈夫よ、アローカウネ。これでいきなり私たちが狙われることはさすがにないと思います。こう言ってはなんですけど、私がミレマー元首の娘ぐらいは知られているでしょうから、ここで亡きものに、というほど短絡的な人たちではないでしょう」

ニイナのしていることは場合によって非常に危険な行動であるかもしれない。特に秋華に敵対している勢力からは狙われる可能性もある。

とはいえ、さすがに黄家としても招いている客人をいきなりどうこうはできないだろう。するにしても色々と準備が必要なはずだ。

理由付け、タイミング、場所等々とそんな簡単ではない。

だからニイナはその準備が整う前に動きたい、と思っているのだ。

中々、大胆なところのある少女である。

「それにいても、意外に丁重でしたね。秋華さんを見ていたから正直、意外でした。まあ、断られるでしょうから、次は秋華さんのお母さんへの面会の申し出と敷地内の散歩のお願いをしてみましょう」

「それは結構、図々しいのではないでしょうか、ニイナ様」

「そうかしら？　私は十五歳の好奇心旺盛で無邪気な女の子なのよ？　これくらいはいいでしょう。ずっと部屋にいたら腐ってしまいます」

「ふう、アローカウネには堂杜様のマネージャー、無邪気な少女、ミレマー元首の娘を都合よく使い分けているようにしか見えません。ですがニイナ様がそう言うのなら私はついていくだけです」

「ふふふ」

しばらくするとドアがノックされて先ほどの使用人が戻ってきた。

ニイナは顔と頭と心の準備を整えて迎(むか)える。

「はい、どうぞ」

「失礼いたします。今、主から承諾(しょうだく)を得ましたのでご案内いたします。ご準備もあるようですから今から三十分後にお迎えに参る形でよろしいでしょうか」

(ええ⁉)

「ええ、ありがとうございます。もちろん、それで結構です」

「それでは改めまして三十分後に参ります」

「はい、承知いたしました」

表情にこそ出さなかったが、内心ニイナは驚いている。

まさか本当に面会が叶(かな)うとは思っていなかった。

「あ、それと主からお願いがあるのですが」

「はい、何でしょうか」

ニイナは主のお願いと聞き、身構える。

（何か条件をつけてくる、ということですか。面会できることには驚きましたが、やっぱり、簡単ではないです）

「主が奥方様も同席させたいと言っておりまして、よろしいでしょうか」

（は……!?　まさか、当主の奥さんが来ていいかのお願い!?）

「え、ええ、もちろんです。私も秋華さんのお母様に挨拶したいです」

「ありがとうございます。それとですが、もう一つよろしいでしょうか」

正直、今の段階でニイナは驚きの連続だ。

想定の逆どころかさらに超えたことが起きている。

（ま、まだお願いが？　いえ冷静にならなくては駄目だわ。このお願いが私たちにとって不利なものになるかもしれないです）

ところが何故か、使用人はここから言いにくそうにしている。

その態度は、非常に申し訳ない、といったものだ。

「はい、何でしょうか」

「はい、その場に英雄様、秋華様の兄君になりますが顔を出したいと言っておりまして」

さすがのニイナも返答するのに数秒かかった。

（ええ――――!?）

ニイナは黄家の使用人の後ろをアローカウネと共に屋敷の廊下を歩いていた。

アローカウネを連れていくか最後まで悩んだが、アローカウネの強い申し出もあって連れていくことにした。

さすがに命の危険はないとは思うが、アローカウネにとっては万が一すら見逃すことはできない立場だ。さらに秋華の話を聞けば、ここは任務地であると同時に敵地ともなるややこしい場所であることが分かった。

ニイナの護衛兼執事のアローカウネにしてみれば仕方のないことだと思う。

とりあえずニイナは今の自分の立場を整理しなくてはならない。

自分は祐人のマネージャーとしてここに同行してきた。

いわば『堂杜なんでも事務所』の社長、堂杜祐人の秘書兼窓口といったところだ。

つまり今回の依頼の詳細の確認と契約回りをしっかり監督するのが自分の仕事だと思っている。

（まったく、何で私がここまでしなくてはならないのでしょう。これも堂杜さんが頼りな

いのがいけないんです。友人として放っておけないじゃないですか）

と、ふと思いなおすニイナは大きくため息を吐いた。

困ったものです、という表情で足取りが若干、重くなる。

ニイナの中で祐人の家に訪問した際、偶然、祐人が秋華から警護を依頼されたのを聞き、半ば強引に秘書兼マネージャーに就いたことなど何故か置き去りにされていたりする。

そもそもこの件に食い込もうとしたのは〝乙女の勘が警鐘を鳴らしたから〟ということも大きかったとは、常にロジカルなニイナには思いもよらなかったのだろう。

（今回の仕事だって正直、怪しいんです。秋華さんの話を聞きはしましたが本当に護衛だけが目的か分かりません。あの子はどうにも信用ならない感じがします）

ニイナはこの秋華の依頼についてタイミングが良すぎると思うのだ。

（先の四天寺家の大祭での動乱は有力な能力者の家系、または能力者組織に大きな影響を与えている可能性があります。朱音さんのことですから情報操作や〝飛ばし〟の情報で混乱させていると思います。ですが、あの場にいた者の中に起きた出来事を正確に把握できた者がいたとしたら）

ニイナは目に力が籠もる。

（私なら必ず堂杜さんを調べます。もちろん自分の陣営に引き込むために。それに堂杜さ

んのランクがDというのも余計に食指が動きますしね。とてもおいしい物件にしか見えないでしょう）

とはいえ行動の決断に恋心だけでなく、こうした状況把握が入っているのがニイナらしい。これもニイナが祐人のそばにいるべきと思った理由でもあったのだ。

（堂杜さんは隙が多すぎなんです。自分の価値が分かっていないというか、売り込む気がないというか、だったら目立たなければいいのに、仲間のためとなるとそんなことも忘れて活躍してしまって）

これで秋華からの超好条件の素早い依頼。

軍人であり政治家の娘のニイナはピンときたのだ。

（相手が賢くかつ手段を選ばずに堂杜さんを搦めとりにきたら厄介です。堂杜さんは戦い以外では善良で警戒心が薄いですから）

今回は依頼主の秋華からの情報しかない。

さすがのニイナも能力者の世界の常識は分からない。だが表世界の常識は通用するところと、しないところがあると考えておいた方がいいだろう。

しばらく歩くと黄家の使用人が両開きの扉の前に止まりノックをした。

扉が開き、中に入る。

「ニイナ様をお連れしました」

「うむ、どうぞ中へお連れしなさい」

使用人に返事をする壮年の男性の声が聞こえてくる。

おそらく黄家の当主、黄大威であろうとニイナは推測した。

ニイナはここで表情と頭を整える。

(調べること、聞き出す内容は多々ありね。相手に必要以上の敵意を引き出さずに情報だけとにかく手に入れましょう)

そう考えるとニイナは広間と言っていいほどの大きな部屋に足を踏み入れた。

ニイナは中に入ると部屋中央にある大きなテーブルに座る三人に目がいく。

テーブル奥の上座に当主と思しき黄大威が座っており、その左側に座っている二人の男女がいる。

手前に座っているのが黄英雄とすぐに分かった。

ということは奥に座る女性が当主の妻で秋華のお母さんなのだろうと推測した。

大威は病気で臥せっていたと聞いていたが、その顔に病に冒されているような弱々しさはない。

それどころか濃(こ)い眉毛(まゆげ)の下で力のある目と整えた口髭(くちひげ)はどこか拳法(けんぽう)の達人の風格を感じさせる。

このあたり、さすがは名門黄家の当主と言えるのかもしれない。

(黄家の長が揃(そろ)っている、ってことですね。正直、すぐにコンタクトがとれるとは思っていなかったので驚きです。いきなり正念場が来たみたいです)

「初めまして。私はニイナ・エス・ヒュールと申します。この度は突然(とつぜん)のご面会をお願いしましたのにもかかわらず、お時間を頂き誠(まこと)にありがとうございます」

ニイナは緊張(きんちょう)気味の自分をコントロールしながら右手で腹部をおさえ、左手でスカート部分を摘(つ)まみ、深々と頭を下げた。ミレマー流の正式な挨拶である。

だが相手の反応がない。

(返事がありませんか。歓迎(かんげい)されているとは思っていませんでしたので当然かもしれないです。ましてや秋華さんの敵方になってしまった英雄さんもいますし、私や堂杜さんは面倒な来訪者でしかありませんものね)

内心、苦笑いをしながら顔を上げるとそこにはニイナの想像する黄家の人間たちの難しい顔はなかった。

というよりも黄家のファミリーはポカンとした表情をしている。

（え、何ですか、この間は？）

部屋内に漂う微妙な空気にニイナも戸惑う。

しばらくすると大威の妻だろう女性の頬に涙がツーッと流れていく。

（は？）

「なんて礼儀正しい子なのかしら！　あの秋華に！　あの秋華にこんなに素晴らしい友人ができるなんて！　しかも能力者じゃない普通の女の子。それでいてミレマー元首の娘さんと聞いています」

「こ、これ、雨花、やめなさい。秋華の友人が困っているだろう……ゆ、友人……くっ」

（私のことを友人と伝えているんですね。それにしても友人？　私が？）

突然おいおいと泣き崩れる妻、雨花を窘めながら大威自身も熱くなった自分の目頭を右手でおさえる。

「だって、あなた、先日も突然、友だちが来ると伝えられたと思ったら琴音さんみたいなまともな子が来てくれて驚いていたのに、またこんなに礼儀正しい子が来てくれるなんて。あの秋華に」

「うむ、あの秋華にな」

（あの秋華、が多いんですけど）

ニイナは状況が掴み切れずにその場に立ち尽くしていると英雄から声が上がる。

「父上、母上、秋華の友人が困っていますよ」

だが英雄が言った〝友人〟の言葉に大威と雨花の目から涙がぶわっとあふれ出したのでニイナはしばらくの間、その場で立たされたのだった。

数分後、ようやく黄家ファミリーは落ち着き、着席したニイナたちの前にお茶が出された。

「申し訳ない、ニイナ君。お恥ずかしいところをお見せした。まずはようこそ、私が秋華の父親の大威だ。ゆっくりしていって欲しい。こちらも娘の友人ということで挨拶をと思っていたのだが、あの子が別にいいというものでな。まあ、難しい年頃だからあえてこちらからは何も言わなかったのだ」

大威がそう言うとニイナは畏まったように頭を下げた。

「い、いえ、ありがとうございます」

（声の張りもありますし、とても病人には見えないです。こればかりは見た目では分からないかもしれませんが）

「それにしてもあの子は友だちを呼んでおいて、自分は出掛けるとか……まったく」

ニイナは作られた笑顔を崩さずに頭を回す。

（これです。秋華さんは私をご両親に友人として紹介している？　どういうこと？）

私は友人ではありません、と言おうかと思ったが、ここは余計な事は言わずにそのまま話をした方が良いとニイナは考える。

（はあ～、秋華さんは一体、何を考えて……まあ、それも含めて探るとします。色々と踏み込んでみましょうか）

「いえ、秋華さんには堂杜さんがついていきましたので私はお留守番がいいかと思いまして」

ニイナは主語や目的語を省き、かなり抽象的な言い方をする。

これは相手の受け取り方で大分、意味合いが変わるのを見越しているのだ。

この後に掘り下げる質問が来るか、それとも何かを汲み取ったセリフが来るか、それによって自分と祐人のことについてどういう理解をしているのかが色々と分かる。

「もう、あの子ったら日本から来たばかりの人を外に連れていくのもどうかしています。長旅で疲れているのですから、まずはこちらで休んでもらって体調を整えてからがいいでしょうに。堂杜さんも大変ね、あの子に引っ張りまわされて」

雨花が呆れたようにため息をつく。

（うん？　それはどういう反応？　やはり護衛で来たこともまったく知らない？　ということは秋華さんは内緒で護衛を雇っておいて、両親には友人として呼んだことにしたと。敵方に対するカモフラージュでしょうか）

そうニイナは考えると敵方の神輿である英雄に目を向ける。

（ちょっと、分かりませんね。英雄さんがここに来た理由はその辺りを探りに来たのでしょうか。秋華さんの言い方だと謹慎させられたような言い方でしたが、気になって強引に来たのかもしれません。琴音さんが三千院家の人であることをいいことに平気で自分の政治的な盾にするくらいの子ですから、兄の英雄さんは警戒するでしょうね）

すると英雄が突然に立ち上がった。

「は？　母上、今、何と言いました⁉　どうもり？　堂杜と言いましたか⁉」

「英雄、何ですか突然。お客様の前で無作法ですよ、座りなさい。ええ、そうよ、堂杜さんよ。秋華が招いたもう一人の友人よ。しかも男の子です。あの秋華が男の子の友だちを我が家にまで連れてくるなんて思ってもいなかったわ」

「うむ、色々と聞いているが楽しみなことだ。あとで顔を出してくれるかな？　フフフ」

「笑い事じゃないですよ！　俺は聞いてないです。秋華が男を連れ込んでるなんて。黄家の年頃の娘がはしたいない。しかもよりによって何であんな奴を……あいつがこの黄家の敷居をまたいでいるなんて」

目の前で黄家ファミリーが勝手に会話を進め、英雄が大きな声を上げるとニイナも困惑する。

「連れ込む、なんて下品な。あなたもいい加減、妹離れをしなさい。秋華はもう十四ですよ。男の子の友だちくらいいたっていいでしょう。むしろ、一度も友だちを連れてこないあなたの方が心配だわ」

「ググ……」

あきれ顔の母親のセリフに英雄が黙る。

「うん？　英雄はその堂杜君を知っているのか？」

「いえ、父上、そいつはたまたま新人試験で一緒だったってだけで、いたかどうかすら覚えてない奴です。まあ付き合う価値もない奴だったということです。ランクもたしかDで同期の中で最低ランクだったはずです」

「ほう、英雄の同期でランクはDか。まあ、若さから考えれば立派ではないか」

「父上、俺はその歳でランクはAです！」

「分かっている。そんなにいきむな」

この時、ニイナは偉そうに語る英雄に僅かに冷たくなった視線を送る。

ポーカーフェイスでありニイナの覚えた不愉快感が相手に伝わるほどではない。

だが祐人を低く見積もるどころか、どこか見下す言い方の英雄に対し沸々と湧きあがる怒りは確かにあった。

「もう、英雄はそんな風に相手を言うものじゃありません。堂杜さんは秋華の友だちで、ましてやあなたの同期なのですから」

困ったものね、という感じで雨花は嘆息するとニイナに顔を向ける。

「ごめんなさいね、ニイナさん。この子は重度のシスコンでしてね。秋華のこととなると見境がなくなるのよ。気を悪くしないでくださいね。この子は自分の好きな人や物に際限なく真っ直ぐに突き進むから心配で心配で。最近、ちょっと悪さをしたからお灸を据えたのに全然、効いてなくて」

「は、母上！」

（お灸？　それは秋華さんの言っていた大祭の件のことかしら。秋華さんから聞いているのと随分と印象が違いますが。謹慎させられていたわけではないのですか）

「い、いえ、妹さんを大事にしているなんて素敵なお兄さんだと思います」

雨花にそう言われてニイナが引き攣りそうになった顔を何とか自然な笑顔に変えて最高の社交辞令で返す。

「おお、分かっているな、君は。分かる人には分かるんだ、秋華はいい友だちを持った」

社交辞令を全身で受け取った英雄はちょろくもニイナを褒めだし、雨花が二度目の嘆息をした。

(雨花さん、何か大変そうです。このお兄さんに秋華さんですものね……ハッ、危ない。これは相手の作戦かもしれません。こちらに何も情報を与えないようにするという……英雄さんは違う気がしますが)

すると雨花がニイナに笑みを浮かべながら話しかける。

「そういえばニイナさんは秋華とはどこで知り合ったのですか？　ご存じの通り我が家は特殊です。中々、普通の方と友人にまでなるのは少ないのですが」

探りを入れてきた？　と思うがこの辺を取り繕う必要はない。ニイナは正直に答える。

「はい、初めてお目にかかったのは四天寺家の大祭のあとに一緒に食事をしたときです」

「まあ、ニイナさんは大祭に招かれたので？」

四天寺家の大祭と言ったところで雨花は目を細める。

ニイナは変な勘繰りをされるのではと恐れてすぐに言葉を付け加えた。

「あ、私は瑞穂さんと以前から友人でしたので、参加したのではなく観戦といいますか、応援といいますか」

「ほう、四天寺のご息女と友人とは……ああ、そう言えば機関からミレマーに派遣されて大活躍をしたと聞いている。なるほど彼女とはそこで縁があったのか」

「はい、その時から親しくさせていただいています」

　さすがに色々と知っているな、とニイナは思う。それと事前に調査をしているのか。

「うむ、それなら我々のような人種にも慣れているわけだ。秋華と仲良くできたのも頷ける。よい出会いだな」

　大威は当主というより父親の顔で頷く。

　ニイナの前にいる英雄が瑞穂の友だちと聞くと目を見開き、明らかにソワソワし始めた。

「お、お前は瑞穂さんと友だちなのか」

「英雄！　女性にいきなりお前とはなんですか！　そんなんだから瑞穂さんから相手にされないのです」

「ぐ……!?」

「ニイナさんも大祭を見ていたなら、あなたが勝手に参加した大祭で無様に負けたのを見ているわよ。あなたが偉そうにすればするほどニイナさんには小物に見えるわ」

「は、母上」

　英雄は言葉を失い、目に見えて青ざめてズーンと凹んで涙目になる。そしてその目でニイナに視線を向けてきたのでニイナは慌てて視線を外す。

すると、さすがに何かを感じ取ったのか英雄はより肩を落とした。

「あんな化け物がいなければ俺だって。しかも参加資格のないジジイだったのに」

ブツブツと悔しそうにしている英雄を見つめ、その参加資格のないジジイの正体を知っているニイナは若干、同情してしまう。

それにしても、とニイナは悩みだした。

(何なんでしょうか。さっきから私を娘の友人として扱っているだけのような)

ニイナにしてみれば敵地に乗り込むような決死の覚悟のつもりでやって来た。

だがこれでは娘の友だちと会話を楽しんでいるだけのように感じてしまう。

横に座るアローカウネに顔を向けるがアローカウネは表情を変えずにお茶を啜っていた。

こう見えてアローカウネはミレマーの元軍人で実戦経験の深い人間だ。そのためか相手の機微を見抜くのが上手い。

これまでもニイナが対応した相手がニイナに対して悪意があると感じ取ると自然に間に入るのだが、まったく動く気配はなく従者らしく主人の邪魔をしないようにしている。

「あ、そうそう、堂杜君とも友達なのでしょう?」

すると息子の状態を無視するように雨花は話題を変える。

「あ、はい。通っている学校が一緒なので」

「なんでも堂杜君は大祭に参加したのよね。最後は負けてしまったようですけど秋華が凄(すご)いって言っていたわ。うちのはその前に負けて気を失っていたって聞いていましたけど」

さりげなく英雄に追い打ちをかけながら雨花は興味津々(きょうみしんしん)な様子で前のめりに両肘(りょうひじ)をテーブルに置いた。

「実はとても気になっていたのです。どんな子なの？　優(やさ)しいのかしら」

「これ、お前」

「いいじゃない。秋華が連れてきた男の子よ、気になるじゃないですか。あなただってそうでしょう」

「まあ、そうだが」

「あんな奴、どうせ俺が戦った奴とやり合っていれば瞬殺(しゅんさつ)されているはずだ。運よくあいつが失格してたから……ブツブツ」

雨花から祐人についての質問が来てニイナは一瞬(いっしゅん)、警戒する。

しかもにこやかに自然体で聞いてくるではないか。

今度こそ、こちらを探ってきたのだと思う。今までの会話もこちらの警戒心を解かせるためのものだったのかもしれないのだ。

だがここで隠すのは不自然だ。

「あ……はい。優しいです」

「どれくらい？　ニイナさんの印象でいいから」

相変わらず笑みを浮かべながら雨花は聞いてくる。

まるで娘が連れてきた男の子のことを母親として嬉しく思っている姿そのものだ。

「おい、男は強さだぞ。ましてや能力者ならなおさらだ。今はランクＤでも上を狙わなくては駄目だ。その辺をじっくり私が教えてやりたい。だから今夜は一緒に食事を……」

大威が横から口を挟み、英雄は大きく頷いている。

「あなた、今は私が聞いているんですから」

「う、うむ、ついな」

「どう？　どれくらい優しい？　堂杜君は」

（えっと……もう分からなくなってきました）

ニイナの頭の中はこんがらがっている。

というのも大威も雨花も跡目争いに首を突っ込んでいる様子はない。

仮にだが、まったく気づいていない、ということはあるのだろうか。

神経戦を想定していたニイナは拍子抜けを飛び越して脱力気味だ。

また、敵方の旗印の英雄は祐人が来たことをまったく知らなかったという反応であり、それだけでなく妹が男性を連れてきたことに喰いつくちょっと痛い兄というもの。

（印象として英雄さんは器用なタイプには見えません。それどころか話し方、表情が直情径行そのもの。それすらも演技というのなら脱帽ですが、どうにも手強い雰囲気がないです）

振り返って黄家のトップ二人の反応を見れば単に秋華が友だちを招いたということで終わってしまう。

そもそも祐人の能力や戦闘力を探ってくるなら分かるが、優しいかどうかを聞いてどうするつもりなのか。

（どういうことでしょうか。二人は本当に自分の息子と娘が跡目争いを始めていることを知らないのですか。それとも承知の上なのでしょうか。能力者の人たちは普通の感覚ではない可能性があるのでどうも分かりづらいですが）

「ニイナさん？」

雨花に呼ばれてニイナはハッとする。

質問の途中だった。

祐人が優しいか、どうか。

ニイナは雨花と目が合うと不思議な感覚に囚われた。

というのも雨花の目には意外と真剣な光が灯されていると感じ取ったのだ。

真剣に祐人が優しい人間かを知りたいかのように見えた。

それでニイナも正直に思う答えを伝えた。

「とても……とても優しいです。困っている人や友人を決して見捨てず、必ず手を差し伸べる、そんな人です」

雨花はニイナの言葉を聞くとニイナの顔をジッと見つめ、相好を崩した。

「そう！　良かったわ！」

この反応を見た瞬間、不思議とニイナの中にあった計算や警戒が薄れた。

その後、雨花から秋華の話や英雄の話、ニイナからは学校での瑞穂や祐人との話題で盛り上がる。

祐人たちと海水浴に行った話になると英雄がえらく喰いつき悔しそうにしている。

和やかに時間は過ぎ、想像以上に長居してしまったニイナがそろそろお暇しようとするとニイナたちのいる部屋の扉が荒々しく開いた。

「ちょっと！　何をやっているのよ！　私のお客を勝手に呼んで！」

入ってきたのはいつもの不敵な彼女とは思えない焦った表情の秋華だった。

「あら、何って楽しくお茶を楽しんでいただけよ。何を怒っているのですか、あなたは」

「もう、ママ！　やめてよ。さ、ニイナさん行きましょう」

秋華は中に入って来るとニイナの腕をとって連れて行こうとする。

「あ、待て、秋華、聞いたぞ！　お前、あの堂杜を呼んだのか⁉」

「お兄ちゃん、うるさい！」

「ぐっ……」

妹のひと睨みで黙る兄。

「ニイナさん、変なこと聞かれなかった？」

「え⁉　あ……秋華さん、これは私が」

「いいから行きましょ！　パパも勝手なことをしないでよね。体に障るでしょ、体調が悪いんだから。あ、それとあとで話があるからね」

「うむ」

「ちょ、ちょっと秋華さん。あ、あの、ありがとうございました」

「挨拶なんていいから、行くよ、ニイナさん」

そう言うと秋華はニイナを連れて行き、去り際にアローカウネが深々と頭を下げて部屋を出て行った。

大威はそれを何も言わずに秋華を見送る。

「話か」

静かになった部屋で大威はそう呟くと目を瞑った。

「あなた、秋華の〝検査の日〟がもうすぐです」

「分かっている」

雨花に静かに答える大威は目を開けた。

英雄も眉間に皺を寄せて軽く俯くのだった。

第4章　堂杜祐人と襲撃者

ニイナは秋華に連れられて部屋に戻ってくるが秋華はすぐに「ちょっと用事があるから！」と慌ただしく出て行った。

「何なのかしら、もう。でも秋華さんらしくないわね」

それからちょっとすると祐人がニイナに会いに来た。

「ニイナさん、ちょっといいかな」

「あ、堂杜さん、丁度良かった、色々と相談したいことがあったんです」

「うん、僕も報告をしにね」

祐人が現れるとアローカウネが軽く片眉を上げるが何も言わずにお茶の準備をしてくれる。

祐人たちはテーブルに座り、互いに起きたことを話し合った。

「ええ！　ニイナさん、黄家の人たちに挨拶に行ったの⁉」

「はい、何か情報が取れればいいかと思いまして」

祐人はニイナの大胆な行動力に驚きつつも心配の方が上回る。

「ニイナさん、気持ちはありがたいけどここは依頼人の屋敷と同時に敵地でもあるかもしれない。あまり迂闊な行動は控えて欲しいかな。何か行動するときはできる限り僕を連れって行って欲しい」

「大丈夫です。秋華さんの話を聞く限りでは黄家内の状況は複雑です。複雑であるからこそ、秋華さんの客人に手をだすのはそれこそ迂闊です。それに今回は黄家の当主への面会ですからなおさら何か起こすのは難しいでしょう」

「そ、そうは言っても」

けろりとした表情でアローカウネの淹れてきたお茶を飲むニイナを祐人は困った顔で見つめる。そして祐人はアローカウネに顔を向けた。

「ニイナさん、相手は能力者なんだ。いきなり襲われたらひとたまりもないよ。銃とかあればアローカウネさんがいるし何とかなるかもしれないけど」

「ご心配、ありがとうございます。私はお嬢様に従うだけです。もちろん、何かありました時は身を挺して守りますので」

「まあ、そうですが」

淡々と返したアローカウネだが実は内心、祐人のこの発言に驚いていた。自分はただのニイナお付きの執事としているようにしてきたのだ。

　それなのにまるで自分が兵士であったことを知っているような口ぶりである。

（ミレマーで会ったことがあるのは本当のようですね。私の記憶にはないのですが）

「堂杜さんは意外と心配性です。私も考えなしに動いているわけではないです。その辺はしっかり考えていますから。本当に危ない時にはちゃんと連絡しますし」

　ニイナがツンとして言うので一瞬、祐人は肩を竦めるがここはひかない。

「うん、分かったけどお願いするよ。僕もすぐに駆け付けられないかもしれないから。約束ね」

　祐人の目が意外に真剣なのでニイナも折れた。

「はい、分かりました。気をつけるようにします」

「ありがとう、ニイナさん」

　祐人が微笑むとニイナはちょっとだけ頬を染め、口をつけたばかりのお茶にもう一度、手を伸ばす。

　このやりとりをアローカウネは澄ました目で見つめていた。

「あ、堂杜さん、それで相談したかったことなんですが」

　話が本題に入り、ニイナは先ほどの黄家ファミリーとの会話と自分の印象を順序だてて説明した。

「それは、ニイナさんの印象も含めると確かに妙だね」

「そうなんです。黄家の当主とその奥さんの雨花さんが今の兄妹の状態にまったく気づいていない様子でした。もちろん演技の可能性も否定はしませんが、そうはいっても何と言いますか、和やかすぎるんです。雰囲気も会話の内容も。それがどうにも違和感がありまして」

祐人もニイナの話を聞いて怪訝な表情をする。

「それともう一つ違和感を覚えるのがお兄さんの英雄さんです。秋華さんの話でいけば大祭でポカをした英雄さんは謹慎していてもおかしくないのに普通にしていましたし、そもそも妹に対して敵愾心のようなものがまったくありませんでした。それどころか妹への愛情があったように見えます。ちょっと偏っているようではありますが」

「あはは、それは目に浮かぶ」

実際、大祭の時も秋華のために激怒していたし、偏っているのは元々としても兄として大事にしていたのは誰でも分かるものだった。

「堂杜さん、単刀直入に言いますが秋華さんの言うことは本当でしょうか。いえ、まだ分かりませんがどうにも私は信用できません」

「うーん」

祐人が腕を組んで悩む。

それを見てニイナは祐人が何に引っかかっているのかを聞いてみた。

「どうかしましたか、堂杜さん」

「いや、正直、分からなくなったんだよ、ニイナさんのお話を聞いて。というのも場の雰囲気を読んだり会話の言葉から色々、推測するのはニイナさんの方が僕なんかより上手だから、僕はニイナさんの感じた印象は正しいと思う」

「いえ、そんなことはないと思いますけど」

「ただそうなると今日のは何だったのかと思うんだ」

「何かあったんですか？」

「うん、それを報告に来たんだけど、今日、僕たちは襲撃に遭った」

「え⁉」

「撃退はしたんだけど僕はその時、当然、お兄さん……英雄さんを当主に推そうとする奴らが仕掛けてきたんだと思ってたから」

ニイナは襲撃の事実に驚いてティーカップを置くときに大きな音を立てた。

「本当ですか⁉　秋華さんを狙って？」

「当然、僕はそうだと思ってたんだけど」

ニイナは激しく反応すると同時に頭の中は冷静に高速回転している。

（襲撃はあった。となると秋華さんの言うお家騒動は本当なの？　だとすれば突発的な襲撃はほぼあり得ないことを考えると作戦は結構前から練っていたはず）

「敵の本気度といいますか、実力はどうでしたか？　堂杜さん」

「中々の実力者たちだったと思う。それに慣れた感じの連中だったかな。自分たちの特性をよく理解した連携と作戦で攻めるタイミングも悪くなかったと思う。自分で言うのも何だけど、僕がいなかったら危なかったかもしれない」

「そこまでですか！」

「うん、今回の襲撃者は捕らえたから何か情報が得られればいいんだけど」

「捕らえているんですね!?　それは大きいです。私もその人たちに会えないでしょうか」

「え？　うーん、そうだね、まあ、僕の後ろからなら。ちょっと秋華さんに聞いてみよう」

「お願いします。上手く情報を引き出すか、取引ができれば色々と手札ができますし、上手くいけば依頼も終わらせることができるかもしれません。現当主にこれを報告すればいいんですから」

事態は進んでしまったが状況は若干、こちらに有利かのように思える。

だが何故(なぜ)か、ニイナはすっきりしない。

秋華の信用度が低いと見積もっているせいもあるが、どうにも分からない部分が多い。

しかもその分からない部分が話の根本部分なのだ。

(何かしら、何かが引っかかるんです。今日、襲撃しておいて英雄さんは何も知らずに私と面会です。それにそれだけじゃないです。襲撃のタイミングがどうにも分からないです。護衛が来た当日に襲撃なんて)

「それとニイナさん、もう一つ気になることがあって。実は襲ってきた連中とは他に何人かの気配を感じたんだ。普通に考えれば仲間だと思うんだけどそいつらは僕が敵を撃退した後に気配を消したんだ」

　この祐人の報告にニイナは目を見開いた。

「他に気配が？　仲間でしょうか。しかも消えたんですか？」

「うん、消えた。こちらの戦いを見て帰ったみたいだった」

「それはおかしいです。今回、秋華さんを襲うのに様子見は悪手です。やるなら初めから本気かつ全力で行くのが定石です。私たちを警戒させるだけとかの話だけではありません。どんな理由があるとしても秋華さんは黄家直系なんですから、そんな強引(ごういん)で稚拙(ちせつ)なやり方では黄家内の人間も支持するわけがありません。秋華さんは何か言っていませんでしたか？」

「いや、特には何も。撃退したことは喜んでくれたけど」

「何も言わない、ですか。ちょっと聞きますが、こういうのは能力者の家系では当たり前なんですか？　次期当主の跡目争いは分かりますが、こんなすぐに血生臭い手段で当人と後ろ盾の者同士でやってくれ、っていうのは」

「え⁉　いやいや、さすがにそれはないと思うよ。黄家独自の文化だとか言われたらそうかもしれないけど。でも、秋華さんの言い様だと本来は英雄さんで跡継ぎは落ち着いていたって言うし、これは特殊な状況なんだと思う」

　それを聞いてニイナは安心と言うか、自分の理解の範疇にあると知れてホッとする。

　しかし、となると今感じている自分の疑問は正しい。

「どうしたの？　ニイナさん」

　ニイナが明らかに腑に落ちない、という顔をしているので祐人は首を傾げた。

「はい、まずどうにも今日、敵が襲ってきたのが妙だと思うんです。秋華さんの話からすれば相手は敵とはいえ身内です。堂杜さんを雇ったのを内密にしているとはいえ屋敷に招いているんです。こんなことはすぐに敵も察知しているはずでしょう。それなのに相手の戦力が増したその日に襲い掛かるでしょうか？　祐人さんの実力は分かっていないとしても迂闊すぎませんか」

「なるほど……でも、相手によほどの自信があったか、普段、秋華さんを襲うチャンスが中々なくて買い物に出かけるという最大のチャンスがたまたま今日だったという可能性もあるんじゃないかな」

「たしかに、その可能性はありますが」

「それか相手に焦る理由があったとか？」

「そうですね、もしそれがあるのなら分かります。ですがその理由になる話は秋華さんから何も聞いていません」

そうなのだ。これがニイナをイライラさせる理由でもある。

依頼をしてくるのはいいのだが秋華は細かいところの状況説明が少なすぎるのだ。

「それにそんなに焦っているのなら他で見ていた人たちは何なのでしょうか。普通に考えれば一緒になって襲ってくるはずです。ハッ！　それともう一つおかしいです。琴音さんがいたじゃないですか！　下手に三千院家の人間を巻き込めば秋華さんを排除したとしてもその後に三千院家と戦争になるかもしれないって！　それはさすがに望んでいないはずとも言っていました」

「あ……なるほど」

ここにきて祐人もおかしいと思い始める。秋華を守ることに集中していた祐人は秋華の説明通りに襲われたこともあり、そこまで考えることはなかった。

ニイナの今の分析とニイナが面談した黄家一家たちの様子がどうにもしっくりいかない。

「やっぱり、秋華さんは何か企んでいるのではないでしょうか」

「え⁉ 秋華さんが？ でも一体、どんな企みが？ 腑に落ちない点はあるけど実際、襲われているし」

ニイナは状況を整理し、頭の中をまとめるように真剣な顔で顎に右手を添える。何かが見えてきそうなむず痒さがニイナを覆う。

「よろしいですか？」

そこで突然、アローカウネが口を開いた。

「口を挟みまして申し訳ありませんが、堂杜さん」

「はい」

「今日、襲ってきたという敵ですが誰を襲っていましたでしょうか」

「え？ それは考えるまでもなく……うん？」

思わぬ角度からのアローカウネの質問に祐人が驚くとニイナが目を見開く。

「そういうことですか、分かりましたよ、秋華さん。なんていう子なの。それならご両親のあの反応も理解できます。皆、知ってて放置していたということですね」

◆

「イーサンどうしたの？」

上海のホテルの一室でパソコンを前に難しそうな顔を見せたリーダーにナタリーは怪訝な表情を見せた。

「ふむ、国元から連絡がきた。どうやら黄家から申し入れがあったらしい」

ナタリーはそれを聞くと一瞬驚くような顔を見せるがすぐに苦笑いをする。

「ふふ、中々、侮れないわね、黄家も。私たちに気づくだけじゃなくてまさか連絡を入れてくるなんてね。それで黄家はなんて言ってきているのかしら、私たちＳＰＩＲＩＴに。まさか、あの少年を狙っていることに文句でもあるのかしら」

アメリカの能力者部隊であるＳＰＩＲＩＴに直接、連絡をしてくるなど普通はあり得ない。まず、そのような組織があることを公表しておらず存在しないことになっているのだ。

「だろうな。それにしても面倒なことを言ってくる」

「何よ、一戦でも交えるって？」

「違う、その方がマシだった。先方は今日、開く夕食会に来いと言っている。しかも国元は行って来いとの指示だ」

「は？　それは予想できなかったわ」

と言いながらナタリーは笑ってしまっている。

「私、夕食会にでるような服を持ってきていないわ、どうしましょう」

イーサンはふう、と息を漏らした。

「まったく何をさせたいんだ、この俺に」

どうにもこの男は苦労を背負い込む性分らしい。

ニイナは祐人を連れてすぐに秋華の部屋へ向かった。

祐人はニイナが一体、何を分かったのかまだ聞かされていないので何を話し合いにいくのかよく分かっていない。

秋華の部屋の前に着くとニイナはドアをノックする。

心なしかノックの音が大きい。

すると中からのほほんとした秋華の声が聞こえてきた。

「はーい、どうぞー」

ニイナはぴくっとこめかみを動かすが扉を開けて中に入った。

「あ、いらっしゃーい、ニイナさん。来ると思ってたわ。お兄さんも来たのね！　いいところに来たわ、見て見て、これ！　似合うでしょう」

中に入ると広い自室の真ん中で可愛らしい服装に着替えた秋華と琴音が全身の映る鏡の前で立っていた。

祐人は愛想笑いをして「そうだね」と応答すると琴音が頬を赤らめてはにかむ。

だが、ニイナはあまり取り合わずに表情を変えずに前に出た。

「秋華さん、お話があります」

「せっかちね、ニイナさんは。せっかく今日の夕食会に着ようと思っていた服を合わせてたのに。まあ、いいわ。ちょっとお茶の用意をさせるからそこに座わって」

秋華に促されて部屋内にある丸テーブルにニイナと祐人が着席するとしばらくして秋華たちも席についた。

「それでニイナさん、お話というのは？」

「秋華さんのことだからもう分かっていますでしょう。今回の依頼の件です」

「ふむ、聞きましょう」

「秋華さん、単刀直入に聞きますけど今回の依頼には大分、嘘か脚色がされていますね。

今回の襲ってきたっていう人たちも秋華さんが仕組んだものでしょう」

「え⁉」

不躾なニイナの発言に祐人も驚く。

さすがにそこまでは考えていなかった。というのもニイナにも伝えたが中々の実力者たちだったのだ。対人戦闘に慣れたいかにも裏稼業にいそうな連中だった。

琴音は知っていそうなものだが祐人と同様に驚いていたので聞かされてなかったのだろうとニイナは想像する。

そして当の秋華はというとすまし顔でお茶を飲んでいた。

「秋華さん！」

「ニイナさん、それはひどいわ。私は今日、とても怖い思いをしたのに。そんなことを言うなんて！」

秋華は突然、涙目になっていかにも恐怖に怯える少女のように自らの両肩を抱きしめる。

「誤魔化さないでください。さっきまで可愛い服を着て喜んでいた人が怯えているわけがないでしょう」

「えー、それは私なりに怖さを紛らわせるためにしてたのにー。それに私がそんなに怖がってたら琴音ちゃんも怯えちゃうでしょう」

秋華が琴音に笑顔を送ると琴音は「え？」という表情を返す。

「ニイナさん、とても想像力が豊かだとは思うけどそれはないわ。だって私がそれをするメリットはあるの？」

「あります」

即座に断言するニイナ。

横で聞いている祐人もそこが気になるところだったのでニイナに顔を向けた。

「へー、それは？」

「堂杜さんです」

「え？　僕!?」

思わぬ回答に祐人が驚くが秋華はどこ吹く風といった様子で笑みを浮かべている。

「堂杜さんを売り込むことができます。秋華さんのファミリーにね」

「え？　え？　どういうこと？」

「堂杜さんは黙っててください。堂杜さんは自分のことになると途端にただのお人好しになるんです。もうちょっとは自分の市場価値に頭を巡らせてください」

「は、はい。市場価値？」

「つまり、四天寺家と一緒です。秋華さんは堂杜さんを黄家に取り込もうとしているんですよ。堂杜さんの実力は、秋華さんは分かっています。ですが、ランクDの堂杜さんがそんなに強いと言っても黄家の人たちには信用されないかもしれない。だったら証拠を出したらいいじゃないですか」

(四天寺と同じ？　そんなことがあったっけ？)

祐人は首を傾げるがニイナの言うことを脳内でまとめる。

「僕の実力の証拠？　あ！　じゃあ襲ってきたのは僕を試すために!?」

「堂杜さん、理解が遅いです。恐竜並みです」

ニイナは祐人に呆れるが再び秋華に視線を移す。

「秋華さんは大祭の時に堂杜さんの実力を知って気に入ってしまった。だから依頼にかこつけて呼んだんです。どうなんですか？　秋華さん」

「やっぱりお兄さんの周りは手強い人が多いわ。素敵な女性ばっかりね」

「え？」

茶器を置きながら小声でつぶやく秋華の声はニイナには届かず、秋華は笑みを浮かべて顔をあげた。

「分かりました。少々、誤解をされるとは思ってたから、その辺はすべて話すね」

(まったく、何を白々しい。どこまで腹黒いの、この子は)

ギリギリとするニイナに秋華は澄ました顔で続ける。

「今のニイナさんの疑問は出てきても仕方ないと思うわ。でもそれは今日の夕食会ですべてが晴れるのでそれまで待っててちょうだいね」

「夕食会？」

「うん、まだ言ってなかったけどパパとママも同席でディナーを企画したのよ。だって表向きは友人を招いたことになってるんだからこれは当然でしょう？　その時に全部、分かるわ。私からここで言うよりその方がニイナさんも納得すると思うから」

「何を訳の分からない」

「それとニイナさんの言うことに少しだけひどいと思うところがあるの」

突然、秋華は可愛らしく頬を膨らませてニイナを睨む。それは年相応の女の子がプンプンしている様子でニイナが一瞬、引いてしまう。

「な、何ですか、突然」

「だって今のニイナさんの話……大分、中身は間違っていたとはいえ、私が堂杜のお兄さんのことを黄家に取り込もうとしているって言っているじゃないですか」

「そ、それは事実」

「同じ乙女のニイナさんは気づいていたのでしょうに。私が堂杜のお兄さんを気に入って……ううん、好きになっちゃっていること。それをこんな簡単に暴露してる。そんなの乙女の仁義に反するわ」

「は？」

「へ？」

涙目で語る秋華に呆気にとられるニイナと祐人。

「そうよ、私はお兄さんが好きになっちゃってる。だからこんなお家事情に巻き込まれて怖くなってしまった時、すぐに大好きですごく強い堂杜のお兄さんを思い出してしまったのは仕方のないことだと思わない？　同じ女の子ならニイナさんにも分かるでしょう」

秋華はさめざめと涙をハンカチで拭く。

「しかも取り込むって、まるで政治的で言葉が悪いです。私はただ大好きな人に守ってもらいたいって……たしかにこれを機会にパパとママにも紹介しようとは思ったけど、それぐらいはいいじゃない！」

「ええ⁉」

ついには「わーん」と泣き出し、テーブルに突っ伏す。

思わぬ秋華の反応に驚くニイナの前で秋華は「お兄さんには私の口から言おうと思ったのに仁義違反だ」「乙女の風上にも置けないわぁ」等々と連呼する。

まるで悪役令嬢になっているニイナは硬直して顔を引き攣らせるばかり。

「さらに言えば！　琴音ちゃんもお兄さんが好きなの！」

「「「ええ⁉」」」

この発言には琴音も含めて三人とも声を上げる。

「でも、私は琴音ちゃんを出し抜くことは淑女協定に反すると思って呼んでたの。それが乙女の仁義だと思って！　今、ニイナさんが平気で破った乙女の仁義を大事にして！　そしたら琴音ちゃんは私の状況を聞いて三千院家の私がいれば少しは安全になるからって言ってくれて来てくれたの！　それをニイナさんは……ニイナさんはお兄さんの前でそんな！」

ニイナは「いや、あなたも勝手に琴音さんのことを暴露してますが」と思うが、この場の空気的に何を言っても悪役令嬢でしかなくなる。

というより、そのように持っていかれている感が否めない。

祐人は驚きの連続で秋華と琴音を交互に見つめてしまう。

「あ、あの！　私は、その、堂杜さん！　秋華ちゃんが言ったのは、その……」

祐人と一瞬、目が合った琴音は驚きながらも訂正はせず祐人の顔を見ることができずプシューッと顔を赤くしてちぢみこむ。

そして、とんでもないキャラクターにされてしまったニイナは祐人をチラッと見た後に涙目になった。

（も、もう嫌です、この子は）

こうしてニイナの突撃は大きな犠牲（主にニイナの乙女としての清らかさ）を払うだけで、何も分からないままに夕食会を待つことになった。

ちなみに重い足取りのニイナが去った後、秋華はこの上ない元気な顔で再び夕食会の服を選ぶのだった。

秋華と話し合った後、祐人は秋華の部屋に残った。

というのもニイナと一緒に出て行こうとすると秋華から「護衛の仕事は？」と言われたからだ。

祐人はさっきの話の内容から気恥ずかしい思いがあり、ちょっと頭を冷やしたいのと落ち込んでいるニイナを放ってはおけないと考えたが仕事を盾に強引に残された。

別れ際にニイナが「大丈夫です。あとで何か言われないためにも堂杜さんは残ってください」と言ったのが大きかったが、何はともあれ襲撃の真偽はまだ分からないので残ることにしたのだった

部屋の中ではさっきは何だったのかというほど秋華は楽し気で、買ってきたばかりの服を琴音と一緒に試している。

しかも悪戯好きの秋華が琴音と一緒に祐人の背後で着替えるものだから、祐人はどぎまぎしてしまって警護どころではなかったりもする。

「お兄さん～、振り返ってもいいんだよ。ね、琴音ちゃん」

「ちょっと、秋華ちゃん、私はやっぱり別室で着替えたいです！」

「何を言ってるのー？　夕食会もうすぐだし、この方がお兄さんにすぐ見せられていいでしょう。琴音ちゃんもお兄さんが気に入った格好でいきたいでしょう」

「で、でも！」

「ほらほら、早く着ないとお兄さんを振り向かせるわよ～。お兄さん、着替え終わったからこっち向い……」

「あわわ、やめてください！　堂杜さん、まだです！　まだ振り向かないでください！」

「あはは、大丈夫だよ、琴音ちゃん。琴音ちゃんがオーケー出さなかったら絶対振り向かないから」

ドキドキしながらそう答えるが祐人とて健康優良男子。

本当は振り返りたい。

秋華の悪戯でもいい、何か仕方のない理由があれば振り返ってみたい。

（でもこんなところをニイナさんに見られたら絶対に怒られる。それが後で瑞穂さんやマリオンさん、茉莉ちゃんに伝わろうものなら）

と、体が恐怖に包まれ祐人にはその勇気は湧いてこない。

先日の大祭最終日の経験が体に刻み付けられている。

背後から布のすれる音や秋華が口に出して言う下着や肌のきれいさを誉める言葉（絶対、わざとやっていると思う）にも反応しないようにしていた。

（まったく、無邪気というか無防備というか、こういうところは能力者とか関係ないよね……うん？）

祐人は秋華の部屋の窓から黄家の駐車場に到着した三台の車が見えた。

秋華の部屋は二階で目の前は庭園とその奥の駐車場まで見晴らしがいいために車から降りてくる人数や性別はよく分かる。

一台からは白人の男性と女性が降りてくる。遠目ではあるが二人とも見栄えが良く、中々の存在感があった。

もう一台は見覚えのある黄家所有の車であるので、間違いなく黄家の客だろうことは分かる。すると後部座席から布に巻かれた大きな槍のようなものを持った体格のいい男と小柄な少年が出てきた。

さらに三台目の車がその隣に駐車した。

どちらも黄色人種だと分かる風貌の人たちだ。

（誰だろう。そういえば夕食会と言っていたから招かれている人たちかもしれない）

「秋華さん、あそこに来た人たちって夕食会に参加する人たちかな」

「ああ、そうね。そろそろ着いてもいい時間ね。どれどれ」

秋華が背を向けている祐人の横に並んで窓から外を眺める。

琴音も気になってか、その後ろについてきた。

「やっぱりそうね。あの人たちが今日のニイナさんの疑問に答えてくれる人たち……うん？

あれは何で俊豪さんが⁉」

「俊豪さん？　知り合いの人？」

「え⁉　ええ、そうよ。おかしいわね、検査の日は明後日のはずなのに」

「検査の日って？」

「あ、ちょっとね、それは後々、話すつもりのことだったから」

そう言いながらも秋華は内心、怪訝に思う。

（しかも孟家まで来ているじゃない。検査の日が早まったってことかしら。私は何も聞い

てないのに）

「どうかした？　秋華さん」

秋華の表情を読んだ祐人が心配そうに見つめてくる。

「え？」

秋華は若干、驚いた。

今の自分は不安そうな顔を見せていないはずだ。

表情を読ませないことは昔から得意でそうそう他人には心の内側を見られたことなどない。それが普段、鈍感としか思えない祐人が自分の中に芽生えた小さな不安に気づくとはまるで思わなかったのだ。

「もう、お兄さんてば！　普段は鈍感なのにぃ」

「え？　え？　何？　どういうこと？」

「何でもないわ。琴音ちゃんは超箱入り娘なのに何で異性を見る目があるのか不思議だな、ってこと」

祐人は意味が分からずに小首を傾げ、琴音もキョトンとしてしまう。

「ど、どういうことですか？　秋華ちゃん」

「あはは、だってぇ、琴音ちゃん、知っている異性なんてほとんどいないはずなのに堂杜のお兄さんにすぐ惚れたんだもん。凄いなぁって」

「「え!?」」

祐人と琴音は間近で顔を合わせてしまい、すぐに顔を逸らして赤面する。

「もう！　からかわないでください、秋華ちゃん！」

「ごめん、ごめん」

そう言って秋華は大袈裟に謝る仕草をした。

◆

祐人は夕食会を前に秋華が用意していた正装に着替えて待っていてと言われたので自室に戻った。

秋華はというと琴音を自分の部屋に置いて母親の雨花のところへ向かった。

「ママ、どういうことなの!?　孟家の人たちや俊豪さんたちをこんなに早く呼んでいるって！　検査の日は先だったはずでしょ」

母親の部屋にずかずかと入ると開口一番で秋華は不機嫌さを隠さなかった。

「何を言っているの。あなたが突然、こちらの話も聞かずに検査の日を遅らせるって言っただけでしょう。検査の日はそんな簡単に日程変更は難しいの。孟家の人間も関わっているし、俊豪さんのスケジュールだってそんな簡単に変更するのは失礼でしょう」

　母親は鏡の前で身だしなみを整えるのを使用人たちに手伝わせながら返答する。

「だって！　今日、友達を紹介するって言ったじゃない。それよりも検査の日の方が大事だって言うの⁉」

　雨花は使用人に「もういいわ、ありがとう」と言うと秋華に体を向けた。

「大事に決まっているでしょう。遅らせてよい理由がありません」

　雨花の真剣な眼差しに秋華は開けかけた口を閉ざし、一瞬の静寂が生まれる。

　するとその空気を和らげるように雨花は頬を緩める。

「それにしても楽しみねぇ。あなたが連れてきた男の子を見ることができるなんて思ってもなかったわ。ニイナさんに聞いたけど性格もいいみたいねぇ」

　打って変わってウキウキした様子の雨花を見て秋華はため息を吐く。

「そうよ、今日の夕食会でちゃんと紹介するから楽しみにしててね、ママ」

「ええ、お願いね」

　秋華は「じゃあ、後で」と体を翻すとその秋華に雨花は声を掛けた。

「あ、秋華、孟家の人たちと俊豪さんたちにも参加してもらうから先に挨拶をしていらっしゃいね」

「ええ！　参加するの⁉」

「当たり前でしょう。別件とはいえ屋敷に来てもらってるのに、こちらは夕食会を開いていますでは失礼でしょう」

「うへぇ、ややこしいことになりそう」

「何がです」

「だって俊豪さん、何するか分からないし」

「そんなことはないでしょう。いいから挨拶はしてきなさいね」

「……はーい」

秋華は自分の作戦に邪魔が入らないように手を打つか考えるが、相手が俊豪だと無駄だと思い肩を落とした。

ニイナとアローカウネは夕食会に招かれて使用人の後ろを歩いていた。

途中で同じく案内されていた祐人と出会い合流する。

「あ、ニイナさん、もう大丈夫？」

「何がですか？　私は元々、何ともありません」

「あ、ああ、うん」

毅然として歩くニイナに空気を読んだ祐人はそれ以上、何も言わないでおいた。

実際すでにニイナはいつもの調子を取り戻しているようだったのもある。

「それより堂杜さん」

「うん？」

「この夕食会は警戒してくださいね」

「え？　それはまさか襲撃とかあるということ？」

この発言にニイナは大きくため息を吐く。

「違います。さっき上手く躱されましたが秋華さんの狙いは明らかに堂杜さんを黄家に取り込もうとしているので間違いないです。理由は堂杜さんが強いからですよ」

「ええ!?　そっち!?」

「それとずっと考えていたのですが、英雄さんとの確執も作り話ですね。タイミングよく襲撃がきたのも彼女が仕組んだのでしょう。恐らくこの夕食会も決まっていたと思います。だから私が事前にご両親や英雄さんと面会していたことに慌てていたんだと思います」

「ふーむ、でもそれなら何でこんな回りくどいまねを。もちろん、取り込まれる気はないけど、取り込むだけなら他に色々と交渉してきそうに思うけど」

「そこです。たしかにこの回りくどさは疑問が残ります。性格的にこういう策を弄するのが好きなのかとも思いましたが、彼女は頭が回るのは間違いないので遠回りするにも理由があると思うんですよね。襲撃を仕組んだり堂杜さんを好きだと平気で嘘をついたり……あんな小芝居までして堂杜さんに執着するのがよく分かりません」

(あ、好きなのはやっぱり嘘なんだ)

何となく感じてはいたが、そうはっきり言われると男心としてはガッカリ感が否めない祐人。

「襲撃に関してはいいです。堂杜さんが強いことを知らしめるのに必要だったんだと思います。普通に考えれば黄家の中枢、つまりは両親と英雄さんに知らしめるのが目的だったんでしょうけど、琴音さんを巻き込んでいるのがよく分かりません」

「うーん、たしかに。秋華さんは琴音ちゃんとは本当に仲が良さそうだった。彼女を巻き込む必要が分からない」

ニイナもそれが分からなかった。二人は間違いなく仲が良いと思う。

その友だちの琴音を何故、黄家に取り込もうとするときに呼ぶ必要があったのか。

しかも琴音は三千院家という能力者の家系でも名家とされる出自である。長男の水重が行方をくらました今となってはより大切な直系であるのだ。

（秋華さん特有の遊びの可能性は？　いえ、琴音さんは見るかぎり本当に堂杜さんを気に入っているようでした。秋華さんも仲の良い友人を前にしてそんな悪趣味なことをするほど人間性を壊しているとは思えません。性格は大分、アレですが）

「四天寺家もそうでしたが能力者の家系はいい意味でも悪い意味でも実力を重視するのは分かりました。黄家は優秀な人材を囲っておきたい。ただ今回は秋華さんの主導、独断で動いている可能性が高いですね。堂杜さんの実力を試したのはその証拠だと思います」

「なるほど」

「秋華さんの真意は分かりませんし、どこまで本気か分かりませんが堂杜さんとの結婚も提案してくる可能性すらあります」

「ええ——!?　結婚!?　何でそこまで!?　僕のこと好きでもないのに？」

　話が思わぬ方向に飛躍して祐人はひっくり返りそうになった。

「何を甘いことを言っているんですか。表世界のお金持ちでも政略結婚くらい当たり前じゃないですか。私でも別に驚きません。あの子ならそれくらいなんとも思わないでしょう」

「ええ……ちょっとついていけない」

　ニイナは祐人のこの反応に思わずクスッとしてしまう。

「能力者なのに、むしろ堂杜さんの方が庶民的なんですよねぇ。大祭の時も参加した理由が瑞穂さんの自由恋愛を獲得するためですし」

（本当に優しいと思います、堂杜さんは）

「でも今は、それが普通だと思うし」

「ふふふ、それが一般人でかつ庶民の考え方なんです。それよりも分かりましたか？　警戒しなくてはならない理由が。もし丸め込まれたら堂杜さんの義兄は英雄さんになりますよ」

「ハッ！　それはどうしても嫌だ！」

「じゃあ、気をつけてください。一体、どんな手を打ってくるか分かりません。堂杜さんが曖昧な態度をとれば命取りになります」

「分かった……分かったよ！」

こうして祐人たちは夕食会の部屋に到着した。

「まあまあ、いらっしゃい、ニイナさん。それとあなたが堂杜祐人君ね！　さあ、こちらに座ってくださいね」

部屋に入るやすぐに雨花が明るく声を掛けてきた。祐人とニイナが一番に到着したらしく部屋にはまだ雨花と大威しかいなかった。

ニイナと祐人は「ありがとうございます」とお礼を言いながら、挨拶をする。

(この人が秋華さんと英雄の母親なのか。普通にいい人そうなのが意外だ)

雨花は若々しく表情豊かで鮮やかな赤を基調とするチャイナドレスを着ている。

あの超個性的な兄妹の母親とは思えない印象を受けた。

(それでこっちの上座に座る方が当主で父親の黄大威さんか)

「夕食会にお招きいただきましてありがとうございます」

ニイナが大威にお礼を言うと祐人も慌てて頭を下げた。

「うむ、楽しんでくれると嬉しい。夕食会といってもそんなに堅苦しいものは考えていない。秋華の友人である君たちの歓迎会みたいなものだから気楽にしていてくれ」

(いい人だ！　この人もいい人に見えるよ！)

祐人は秋華に聞かされていた大威の健康状態を心配するよりも先に人間性への驚きが湧いてしまう。

祐人たちは大威にもお礼を言うと促された席に座る。

創作物でよく見る大金持ちが座る大きな長テーブルで二十人はゆったりと座れると思えるものだった。

各椅子の前には箸とナイフとフォークが置かれており、数えると十二人分置いてあった。

（あれ？　結構多いな。僕たち以外にも来る人たちがいるのか）

それにしても、と祐人は大威に目を向けた。

秋華からはまるで明日をも知れない健康状態かのように聞かされていたが、とてもではないがそうは見えない。

（ニイナさんの言うことが分かるよ。聞いた感じと違いすぎる）

「うん？　何か、堂杜君」

「あ、いえ、秋華さんからお父さんがお体の調子が悪いとお聞きしていたので、もしご無理をされていたら嫌だなぁ、と思いまして」

祐人の視線に気づいた大威が祐人に声かけてきたので祐人は一瞬、動揺してしまうが、何も答えないのは失礼であったので体を労った。

すると、スッと大威が雨花と視線を交わし、祐人に視線を戻した。

若干、温度が下がったかのような空気に祐人は驚く。

「ほう、秋華がそう言ったのか」

「あ、はい、すみません！　余計なことを言いました」

（あ、まさか、言ってはいけないことだったのか⁉）

祐人は深々と頭を下げると、大威は表情を変えず何を考えているのか分からないが黙り込む。するとおもむろに口を開いた。

「まあ、そうだな。秋華が言ったのならいいだろう。たしかに私は調子が悪い。一般人でいえば意識不明の重体の状態だよ。いつ死んでもおかしくはない。とはいえ、もうこの状態で八年は経(た)つが」

「は……!?」

ニイナも祐人も目を見開いた。驚きで大威の言っていることがうまく頭に入ってこない。

「ある戦いで不覚をとってな。それ以来、このままだ。外傷はないのだが内臓がうまく機能していない。だから私はあまり食事を口にできんが気にしないで欲(ほ)しい」

淡々(たんたん)と語るが通常ではあり得ない話にニイナも祐人も顔を硬(かた)くしてしまう。

では何故(なぜ)、元気そうなのか？　とはさすがに聞けない。

だがここは能力者の家だ。

おそらく何かしらの術を施(ほどこ)しているのだろう。大威が「一般人ならば」と前置きをしたのはそういうことであるのではと祐人は想像した。

（黄家で有名な術といえば【憑依(ひょうい)される者】）

祐人はここでハッとする。

あまりに自然体であったのでまったく気づかなかった。

大威は薄く、だが滑らかに霊力を発しているのだ。

（まさか、信じられない！　八年間も術を発動しているのか）

そんなことはどんな達人でもできる芸当ではない。

もし可能だとしても寝ている間も継続しなくてはならないのだ。

先ほどの大威の話ではいつ死んでもおかしくはないと言っていた。つまり術の解除がすぐに死と直結すると言っているのではないか。

（なんていう胆力とメンタルの持ち主だ。もしそうであるとしたらとんでもない術者だ。魔界の達人たちでもこれほどの術コントロールをする人を見たことはない。黄英雄が優秀であるのも頷けるよ。この黄家の血筋は）

祐人の顔色がみるみる青くなっていくのを大威は見つめる。

「それと誤解を避けるために先に言っておくが、こういう状況もあってね、今の黄家の当主は私ではない。すでに妻の雨花に譲っている」

「え⁉」

驚きの連続だが、これにはニイナもさらに驚いた。通常でない話はニイナにはついていけないところがあったが当主を譲っているというのは秋華からも聞いていない。

「いいえ、あなた、それは違います。今、私が預かっているだけです。黄家の当主はあなた以外にないです」

「とまあ、こう言って聞かないので当主扱いはされている」

雨花のこの返答にニイナはなんとなく黄家内の空気を読んだ。

大威は黄家における替えのきかない精神的支柱であり大黒柱なのだろう。

（なるほど、それでさっきの空気の変化を理解できました。名門黄家の大黒柱がこの状態であるのは本来、内密の事柄だったのでしょう。それを秋華さんが他者に話していたことに驚いたのかもしれません）

祐人も同様のことを考えたが祐人の思考はまだ大威の症状に向けられていた。

これだけの能力者に不覚をとらせた相手とは……と。

だがそう考えたところで祐人はハッとする。

それは燕止水だ。

闇夜之豹とやり合っていた時に明良から聞いたことが脳裏に浮かんだ。

〝祐人君、死鳥がその名を高めたうちの一つに八年前、黄家の前当主に土をつけたというのがあるんだ。これには機関もひっくり返ったんだ。まあ、その後に応援に来た王俊豪という能力者が撃退したがね。ちなみにこれがきっかけで当時まだ若かった王俊豪がランクSSに出世するきっかけにもなった。なにはともあれ、それで死鳥の名は機関では知らぬ者がいないほど有名になったんだよ〟

そう思いだすと祐人はその症状に思い当たる節があった。

（内臓が……まさか、止水の仙術の影響かもしれない）

「あの、すみません。ここまでお話しいただきまして。大変、失礼しました」

「構わんよ。実のない当主の扱いに疲れていてな。誰かに話したい事柄ではあった」

「それでですが、もしよろしければ僕に体を調べさせてもらえないでしょうか？」

「……!?」

祐人のこの申し出に雨花は目を大きく見開いた。

それと同時に秋華と琴音、そして英雄も入室してきた。

「それはどういうことですか？　堂杜君」

雨花が祐人に問いかける。だがその顔からはにこやかさも和やかさも消えている。

その表情は黄家の重鎮らしい威圧感すら覚えるものだ。

ニイナは少ない時間ではあったが雨花の今まで一度も見せない、というより想像もつかない迫力を感じて背筋に冷たい汗が流れる。

「お待たせ～、あ、堂杜のお兄さん、ニイナさんは来てるねぇ。お兄ちゃんも来たわよ。って、あれ？」

秋華はにこやかに、英雄はしかめっ面で登場したが、部屋内の緊迫した空気に驚く。

「ちょっ、何？　ママ、この空気はどういうこと？」

「秋華、ちょっと黙っていなさい。堂杜君、もう一度、言いますがどういうつもりの発言か教えてくれますか？　あなたも能力者の端くれなら能力者が他の能力者の体を調べる、というのはあまり良いことではありません」

秋華と同時に入ってきた英雄が瞬時に怒りに染まる。

「おい、今の話は本当か⁉　なんて無礼で無知な奴だ！　父上、こいつを追い出しましょう！　こいつは黄家の術を盗もうとか考えているかもしれません。元々、こいつは怪しいと思っていたんだ！　こいつはきっと秋華もたぶらかして」

「お兄ちゃん、うるさい！　堂杜のお兄さん、一体、何があったのよ」

黄家の人間たちの視線が数方向から祐人に集中する。

「すみません、いきなり結論から提案してしまった僕が悪かったです。配慮が足りませんでした。もちろん、その点も話したいと思いますが、できれば大威さんと雨花さんと僕だけで話をしたいです。その話を聞いたうえで、必要ないということでしたら何もしないです」

「父上、いけません！　こいつが刺客の可能性だってあります！　こんな失礼な奴はここで……イー!?」

「お兄ちゃんは黙っててって言ってるでしょ！」

秋華が英雄の足を派手に踏みぬいた。

「堂杜君、私たちだけというのは何故かしら？」

その雨花の問いに祐人は困ったような笑顔で頭を掻く。

「すみません、僕も他の人にはあまり聞かれたくないからです」

「ほう」

大威がここで初めて面白そうな表情を見せた。

つまり祐人が言っているのは「自分も自身の能力についての秘密を話すから体をみせてくれませんか」ということだ。

しかしそれではもし自分が祐人の申し出を断れば祐人は損をするだけだ。しかも内容によっては能力者にとって痛手になる可能性もある。

どこまでをこの少年が話すかによるが、そもそもこの少年に得になることがない。

「面白いわね。堂杜君、いいでしょう、ちょっと隣室に行きましょうか。時間はどれくらいかかるのかしら」

「時間はさほどとらせません。それに上手くいけば……いえ、それはこれからお話します」

そう言うと黄家当主夫妻と祐人は立ち上がる。

秋華と英雄は呆気にとられ、祐人がニイナに「ごめん」の仕草を見せるとニイナは苦笑いしただけで頷いた。

ニイナにしてみれば「祐人らしい」ということだが、他の人間にしてみれば意味が分からないかもしれない。

「秋華、ちょっとだけ席を外しますね。その間、お客様のお相手はあなたがしていなさい。あなたがホストなんですからね」

「ええ⁉　ちょっと、ママ！」

こうして三人は隣室に姿を消した。

秋華と英雄は驚いたまま動けず、琴音は何故か祐人を尊敬と憧憬の眼差しで見つめる。

ニイナはため息を漏らす。

「はぁ、もう堂杜さんはこれできっと気に入られてしまうのでしょうね。警戒してください、って言ったのは無駄でした。でもそれが堂杜さんなんですよね」

◆

隣室の部屋に入ると早速、雨花は祐人に向き直った。

「堂杜君、じゃあ聞かせてもらいましょうか。あなたの話を」

「はい、ではその前に約束をしたいです」

「約束？」

「ここで話した内容と、もし話に納得いただいた場合に僕がすることすべて誰にも漏らさないと約束してください。もちろん、逆もしかりで僕が大威さんや雨花さんから聞いた話等々は決して口外しません」

「ふふふ、随分ともったいぶっているように聞こえますが、当然といえば当然ですね。分かりました」

こうは言っているが強制力はない。

要は互いの信義に則ってのものになることを確認したのだ。

祐人は同意してもらったと頷き口を開いた。

「まずですが、大威さんのその状態は仙術によるダメージでいいでしょうか」

「な！」

祐人は第一声から雨花を驚かせた。

だがこれでこの少年の話は聞く価値があるかもしれないと思わせる。

「そうだ、よく分かったな」

「やはり……僕はその症状を見たことがありました。それは体内を巡る気脈を乱されているんです。ちょっと乱されているくらいなら時間の経過とともに自然治癒しますが、大威さんのは仙道使いの必殺の術を受けたんです。僕にしてみればむしろ、今こうして生活ができている大威さんの方が驚愕です」

「そこまで分かるのですか。堂杜君、あなたは一体、何者なの。あなたはもしや」

「はい、もう察しているかもしれませんが僕は仙道使いです」

祐人のこの告白に話の途中から予想していたとはいえ、雨花は驚くことを抑えることはできなかった。

仙道使いは滅多にお目にかからない能力者なのだ。

もちろん、その能力も仙氣にも謎が多い。

「それでです。先ほどの話に戻るのですが大威さんには僕に体をみせてもらい気脈の乱れを正常に戻せないかやってみたいと思いました。ですが黄家の【憑依される者】のことは聞いています。僕ごときが調べたところで分かるとは思えないですが、普通に考えて超機密事項でしょうからお二人の考えに従います」

祐人はそこまで言うと黙り、二人の決断を待った。

大威は何も言わず目を瞑っている。

雨花は夫である大威をしばらく見つめると祐人に顔を向けた。

「堂杜君、あなたに主人をみてもらったとして体が治る確率は？」

「すみません、それは何とも言えません。あと僕のできる処置を施したとして絶対に治るという保証もできません。先に言いますが相当な荒療治になることも頭に入れてください。それと副作用がないとも言えません」

「……む」

ここまで聞かされてさすがに雨花も顔を曇らせた。

想像はしていたがやはりノーリスクではない。

「フッ、堂杜君、君はすでに治療方法を決めているようだ。私の体の状態について想像がついているということか」

大威が静かに祐人に言うと祐人は頷いた。

「はい、大体の想像はできています。お体を見せてくださいと言ったのは念のためで、どの場所に術を受けたのかを見たかっただけです。それと治療法は決まっています、というより僕にはそれしかできません」

「それが荒療治ということか」

「はい」

「ではやってくれ」

あっさりと承諾してしまう大威に雨花が声を荒らげてしまう。

「あなた待ってください！　そんな簡単に決断できる事柄じゃありません！　堂杜君、あなたよりも上手く処置をできる仙道使いはいないのですか!?　たとえば、そう！　あなたにも師はいるのでしょう？　その人に頼むとか」

「無理だと思います。仙道使いたちは変人……じゃなくて理解の難しい人種です。まず百％この依頼は受けないでしょう。あ、僕は普通ですよ！」

自分も仙道使いであるにもかかわらず他の仙道使いと一緒にされたくはないと強く思う祐人だった。

「いや、いい。堂杜君にやってもらおう。怪しい人物に体をみてもらうのは黄家にとってリスクが高い。術の解析に長けた者であったとすれば厄介だ。固有伝承能力はどこの能力者も喉から手が出るほど欲しい情報だろうしな」

「で、ですが、失礼ですが堂杜君だって完全に信用できるわけではありません。真似はできませんが、【憑依される者】の術の成り立ちに近づく可能性だって否定できません」

「ふむ、だが彼はリスクを背負った。私たちに正体を明かしたのだ。我々にだってこの情報を悪用する可能性があるにもかかわらずだ。それに先に彼を試すような真似をしたのは我々ではないか。秋華のわがままを止めることもなく、な」

「そ、それは」

雨花は大威の言葉にばつが悪そうな表情を見せる。

この話は今日の襲撃のことを言っているのだろうと祐人は理解した。

やはりニイナの考えは正しかった。

「それと治る可能性があるのなら、それに飛びつきたい理由もあるのだ」

大威は笑みを見せる。場違いに穏やかな笑みだ。

雨花はその笑みの意味が分からない。当然、祐人もだ。

「もうすぐ私は死ぬ、ということだ。ここまで延命してきたが、そろそろ限界を感じてきている。術のコントロール的にも忍耐的にも、な」

「なっ⁉　あなた！」

「そう驚くな。お前も感じてはいただろう。死なぬために八年間も術の発動を継続してきたのだ。せめて英雄と秋華が一人前になるまではと、な。まあ、やんちゃに育ててしまったが二人の成長には安心も感じてしまった。それで気が抜けたのかもしれん」

まさかの告白に祐人も驚くが、むしろ驚くべきは八年間も休まず術の発動をしてきたことの方だとも考える。

なんという能力者か、と。

これほどの能力者が不覚をとるとは止水の実力も驚くべきだが、それ以外にも要因があるかもしれない。

（もしかすると黄家の術は仙道使いと相性(あいしょう)が悪いのかもしれない）

あくまでも想像だが祐人はそう考えてしまう。

「これで人生を終わらすのもいいか、と考えていたが私もどうやらまだ生に執着があったようだ。生き残れる可能性があるのなら試してみたくなった。いいかな、堂杜君」

祐人は雨花に目を向ける。

すると、顔色が悪くなった雨花は祐人に向き直った。

そして頭を下げる。

「主人をよろしくお願いします。堂杜君」

「分かりました」

祐人はそう言うと大威に椅子に座ってもらい、後ろから肩に両手を置いた。

祐人は体に仙氣を纏(まと)い、そのまま手のひらを背中に下ろしていく。

（やはり氣がほぼ通っていない。うん？　これはまさか霊力で氣の役割を代用したのか。

凄い、こんなことをできる能力者を僕は知らない）

体には随意筋と不随意筋があるように氣にも同じことがいえる。

心臓や消化器などは自分の意思にかかわらず生きるために活動をしているが、これを不随意筋と呼ぶ。己の出す命令などはいらない。

それを大威は霊力で不随意の氣の流れを代用しているのだ。

もしそれが事実ならば大威はただ生きているだけでとんでもない数の命令を体に出し、さらにはそれぞれに非常に細やかな調整をしていたことになる。

それは超高性能のコンピューターがすべきことを自分の頭だけでしていたことになる。

（そんなのは不可能だ。できるわけがない。いやもしやこれは【憑依される者】を使って）

祐人がある可能性に気づくと同時に大威がニヤッと笑う。

「気づいたか、堂杜君。私が発動している術はまさに【憑依される者】だ。私の体に人外を憑依させて私の体内の活動をも預けたのだ。そうすることで私は術の発動にのみ力を注げば延命ができる」

「な、なんという」

祐人は驚愕したまま確認を続けている。

とんでもないことだ。これは黄家の人間でなければ思いもつかない方法だろう。

祐人に黄家の秘術の一端を見られたが雨花はもう何も言わずに様子を見守っていた。

「分かりました。おそらくですが胸に受けた仙術が原因だと思います。そこの氣門が完全に閉じていました。これが他の氣門の動きも遮っているようです。心当たりはありますか？」

「ある」

祐人は頷くと、それ以上余計な事を言わずにこれからする処置のことについて説明を始める。

「簡単に言いますと今からこの閉じた氣の門を強制的に開きます」

「うむ」

「僕の仙氣を当てますが、かなり強い仙氣になります。脅しではなくかなりの激痛が伴いますがいいですか？　恐らくこの術を受けた時の痛みかそれ以上の激痛になると思います。ですが決して意識を手放さないでください。意識を失えば確実に失敗します。さらには死ぬ可能性すらあります。生きようとする強い意志のみが成功率を高めます」

「ここまでしておいて何を言う。やってくれ」

大威は即答するが雨花は祐人の説明を聞くと両手を握りしめた。

「分かりました。ではいきます」

祐人は大威の背後で仙氣を爆発させた。

その凄まじい仙氣の爆流で部屋のカーテンが真横にはためき雨花は思わず顔を庇う。

すると祐人が舞いを踊るような演武を始めて、爆発した仙氣を内に抑えていく。

その演武は軽やかで自然。

見ている人間を惹きつける美しさすらあった。

「いいですか、仙術の必殺の技に僕の必殺の技をぶつけるようなものです。心してください。ですが必殺と活殺は表裏一体。命を奪うも命の息吹を与えるも到達は同じ」

祐人の全身を覆う仙氣が右手に収束されていく。

「ハア——!! 仙氣掌活勁！」

祐人の掌打が大威の背中に炸裂する。

そのスピードと秘めた力はそのまま受ければ背中を貫き、胸から出んとばかりに思われるほどのものに雨花に見えた。

だがその掌打は大威の背中でピタリと止まる。

「カハァ!!」

直後、いつの時も表情を崩したことがない大威が、顎が外れんばかりに口を広げた。

そして椅子から落ちて歯が割れんばかりに食いしばり、自らの胸を鷲掴みにする。

「グゥゥウ!!　ウオァァァアア!!」

「ああ、あなた！」

雨花の悲鳴が上がる。

「堪えて！　大威さん！　意識を手放しちゃだめだ！　あと少しで氣門が開く！」

いても立ってもいられず雨花が大威を抱きしめた。

そしてもう一度、祐人が叫ぶ。

「大威さん、雨花さんを感じて！　感触に意識を集中させるんです！」

僅かなのか長いのか分からない時間、祐人は厳しい視線で大威を見つめていたがふっと息を吐いた。

するとそれと同時に不可思議なことが起きた。

大威の前に、まるで祐人の掌打に押し出されたように大威の体の中から出てきた者がいた。

「あら、っと。あれ？　追い出されちゃった」

その出てきた者は小さい猫の体なのだが二本足で立ち上がる。

キョトンとした感じでキョロキョロすると大威に振り返った。

「おお、大威。治ったんか、良かったね。俺も疲れたから猫の国へ帰るわ、じゃあ！　ああ、長かったわぁ、別に何にもしてねーけど、てへ」

そう言うと姿がスーッと消える。

どうやら大威が憑依させていたケットシーの眷属のようだった。

祐人が驚いて猫の妖精を見送っていると大威の激しい呼吸が落ち着いていく。

「こ、これは」

大威が自分を確認するように自身の身体を摩る。

「良かった。大威さん、成功しました。ちょっと待ってくださいね」

胸を撫でおろす祐人は大威の両手を握ると己の仙氣と大威の氣を循環させる。

すると大威の顔色が目に見えて良くなっていき、雨花もようやく安心したように目尻を下げた。

「あなた……」

「ふう、あとは安静にしていれば大丈夫です。大威さん」

祐人は手を離すと額の汗を拭った。

「堂杜君……君は」

大威がまだ疲れが残っているのか覚束ない足取りで雨花に肩を借りながら立ち上がる。

「あ、まだ無理はしないでくださいね。完全復活には数日かかりますから」

「ああ、堂杜君、ありがとう！　素晴らしいわ、今日は何て日なのかしら！　こんなに素晴らしい日が来るだなんて！」

「わっ！」

途端に雨花が祐人を抱きしめてきた。

雨花は二人の子持ちとは思えないスタイルの身体を密着させたかと思うと、祐人の両頬を両手で包みこむようにして秋華の完成形かと思わせる美形な顔を近づけてくる。

「堂杜君、本当にありがとう」

あまりの喜びように祐人は照れてしまい、赤くなった顔を誤魔化すように笑う。

「いえ、大したことはしてませんから。これは大威さんの能力によるところが大きいですし」

「謙遜しなくていいわ。それで堂杜君、早く言いなさい」

「え、何がです？」

祐人が首を傾げると大威が口を開いた。

「堂杜君、君は私に、黄家に何を望むのか聞いているのだよ」

「へ？」

祐人は大威の言っている意味が分からない。

「そうよ、お礼をしないと黄家の名が廃るわ。何でも言いなさい」

「あはは、何を言っているんですか」

二人の言っていることを理解して祐人はニッコリと笑った。

「友だちのお父さんが困っていて、助けるのは当たり前じゃないですか。それにお礼も何も夕食会も開いてもらっているんです。むしろ、これはそれのお礼です。そんな大袈裟なことを言われたらここに居づらくなりますよ」

その祐人のセリフと屈託のない笑顔に大威と雨花が顔を見合わせて硬直する。

すると、今度は二人が肩を揺らして笑い出した。

「そうだった、そういえば君も仙道使いだったな。なるほど」

「え？　それはどういう」

「ふふふ、堂杜君が自分で言っていたじゃない。仙道使いは理解が難しい、変わっている人が多いって」

雨花がそう説明するとそれには祐人が大きな声を出す。

「ええ!?　違いますよ！　僕は普通です！　あんな人たちと一緒じゃないです！」

すると黄家夫妻はさらに笑ってしまったのだった。

◆

祐人たちが夕食会場に戻ってくるとすぐに秋華と英雄が駆け寄ってきた。

「パパ！　ママ！」

「父上！　母上！　大丈夫ですか⁉　こいつに何かされてませんか⁉」

「大丈夫よ、二人とも。うん？　秋華、まだ夕食会を始めてなかったのですか。お客様に失礼でしょうに」

「だって……」

黄家ファミリーのやりとりを聞きながら祐人が部屋を見渡すと、たしかに前菜は出されているが夕食会は始めていないようだった。

すでに招待された人たちは席についており、ニイナをはじめ琴音たちもすでに席についている。

祐人は自然と新たに来ている客人たちに視線を向けた途端……祐人の身体にスイッチが入る。あらゆる事態に対応できるように全身に仙氣を行きわたらせ思考は戦闘脳に切り替わる。

祐人の右手刀が秋華の頭部に振り下ろされる。

秋華や英雄は祐人の思わぬ行動に驚くが体はついていかず、目だけでその行動を見守っただけだった。

すると、席についている招待客の幼い容貌をした少年が面倒くさそうに声を上げた。

「ちょっと、俊豪、止めてよ。そうやってすぐに人を試すの」

「はっ、別にいいじゃねーか、亮。こっちは待たされて暇なんだからよ。それに事前に分かりやすく殺気を出しただろう」

大きな体躯で脚を組んだ俊豪が笑みを浮かべながら答える。

祐人は秋華の直前で掴んだフォークを見つめた。

（糸が？）

そして犯人の俊豪に対して決して好意的とは言えない視線を送る。

「おいおい、ちゃんと寸止めするつもりだったんだぜ？　護衛の役割もあるとか聞いたが、まあ、及第点か。生意気な目を俺に向けたのはまけておくぜ。次回は許さねーがな。あと、そのフォークはまだ使うから返してもらうぜ」

俊豪がそう言うと祐人の手からフォークが抜けて俊豪の右手に戻っていった。

「はあ〜、あのね、もう突っ込む気もないけど相手が怒るのが当然だからね。殺気を〝出してやった〟みたいに言ってるけど、それが問題なんだって言ってるの。それでこの方たちと険悪になったんだから」

亮は頭痛を押さえるようにため息をついた。

どうやら俊豪と亮の前に座っている白人の男女のことを言っているようだった。

「昔、SPIRITには世話になったからな。ちょっと挨拶をしただけじゃねーか、いちいち、うるさいんだよ、亮は」

この話を聞いて祐人は目の前でこちらに背を向けて座る男女を見つめる。

(SPIRIT? 聞いたことがあるぞ。たしかアメリカの能力者部隊じゃなかったか。何でこんなところに、いや、それにしてもこの人は何なんだろう。人様の夕食会でこの傍若無人な態度は)

今のような挑発をこの人たちにもしたのかと祐人も呆れてしまう。

そこでハッとしてニイナとアローカウネが嫌がらせをされてないか、顔を向けるがニイナは肩を竦める態度で返事をした。

どうやら、ニイナたちには何もされていないようで祐人が安堵すると、この祐人の機微を俊豪は見ており不愉快そうな声を上げた。

「おい、ガキ。俺をその辺のチンピラみたいに扱うんじゃねー。俺はレディと年寄りには決して失礼はしねーぞ。どちらも大切にしなくちゃ駄目だろうが」

そうやって祐人を睨むとこれには秋華が反応する。

「へー、俊豪さん。じゃあ、私のことはレディだと思ってないんだ。今、私にフォークを投げたのもそういうことなのね」

「う！　いや、秋華はほら、従妹みたいなもんだから。それに当てる訳ないだろう」

秋華の目がさらに鋭さを増していく。

「わ、悪かったよ、やり過ぎた。だからその目をやめてくれ」

意外と素直に俊豪は降参したように謝る。

ハチャメチャな人格なのは間違いないが、どうやら何かしらのルールが彼の中に存在しているようだ。

「ママ、この通りなのよ。俊豪さんのせいで夕食会を始められなかったの。孟家の人たちは今来たばかりよ」

すると一番、末席に見た目八十歳近くに見える老人と祐人たちと同年代に見える少年が立ち上がり挨拶をする。

「お久ぶりです、雨花様。今回は孟家の跡取りを連れてきました。挨拶をなさい」

「はい！　お初にお目にかかります。僕……私は孟浩然です。私も孟家の人間として黄家のお役に立てるように全身全霊で頑張る所存です。よろしくお願いいたします」

「まあまあ、そうですか。じゃあ、改めて始めましょうか。今日の夕食会は素晴らしいお話が多いのよ。あなたも席についてくださいな」

「ああ」

「え？　どうしたの？　パパもママもすごい嬉しそう。ひょっとして堂杜のお兄さんがなんかした？」

「ええ、それはこの後で私たちだけでお話します。それよりもとにかく始めましょう。では、食事を持ってきてください。それとシャンパンで乾杯しましょう。ＳＰＩＲＩＴの方々も孟家の方々も楽しんでくださいね」

「チッ、何をしたんだ。父上と母上にまで取り入りやがって」

英雄だけが祐人に懐疑的な視線を送り、祐人はその視線を避けるようにニイナの横に座った。

こうしてようやく黄家の夕食会が始まった。

◆

「皆さん、待たせてしまって申し訳ありません。それではさっそく始めましょう。今日は秋華の友だちの歓迎会がメインです。琴音さん、堂杜君、ニイナさん、仲良くしてくださいね。では乾杯！」

雨花が音頭をとるとそれぞれがシャンパングラスを掲げる。

祐人や琴音たちはアルコールを飲む気はないので形だけ付き合った。

「あ、ごめんなさいね、ちょっと良いことがあったので段取りができていなかったわ。秋華、参加してくださった方たちの紹介をしてちょうだい」

会が始まってすぐに雨花がうっかりしたという風におどけると秋華に話しかけた。

「もう、ママだってちゃんとしてないじゃない。分かったわ。じゃあ、まず初めての人たちもいるので家族から紹介するわ」

秋華はいつもの元気な様子で大威、雨花、英雄を紹介する。

「よろしくお願いしまーす。あ、お兄ちゃん、私の友だちに失礼な態度とったら二度と口をきいてあげないからね」

「お、おい！　俺だけそんな紹介か！」

「あはは、冗談だよ。こんなお兄ちゃんだけど一応、優秀なんだよ。新人試験ではランクAの取得だもんね！　さすがお兄ちゃん」

「う、うむ、まあ大したことじゃないがな」

英雄はまんざらでもない態度で胸を反らす。明らかに秋華にいいようにされている感が丸見えなのだが本人は気づいていないようだ。

祐人やニイナ、琴音もつい笑ってしまう。

（秋華さんが相手じゃ直情径行の英雄君では分が悪すぎだね）

祐人はニイナの言うとおり英雄が策を巡らして演技をするのは不可能だな、と再認識する。

となると、さっき黄夫妻が言っていたように今日の襲撃は秋華と黄夫妻が自分を試したということなのだろう。厳密にいえば夫妻は放置したというところだろうが。

（まあ、僕は取り込まれないけどね）

次に秋華は琴音に顔を向けて肩に抱き着く。

「こちらは私の親友の三千院琴音ちゃんです。今日はありがとうね、琴音ちゃん」

琴音は笑みを浮かべて頭を下げる。

「三千院琴音です。今日はお招きいただきありがとうございます」

同級生の友人を紹介するように親し気に紹介するが、ここでＳＰＩＲＩＴのイーサンとナタリーが目を合わせる。

二人は声を上げはしないが驚いたのだ。

何故、日本の二大精霊使いの家系の者とここまで仲良しなのか、と。

（三千院琴音といえば、たしか直系の娘だったはず。黄家と三千院家がここまで深く繋がっているとは聞いたことがないが）

イーサンは見聞きした情報を素早く脳内で整理していく。能力者の家系の繋がりや関係というのはこの世界では重要なものだ。

ましてや名家同士の同盟関係、敵対関係などは絶対に頭に入れておかなければ能力者部隊のリーダーなど務まらない。

王俊豪と共に来ている亮も「へー」と目を細める。

「次に、こちらはニイナさん！　ニイナさんはね、能力者ではないですけどミレマー元首の一人娘なの。今回は堂杜さんの付き添いで来たのよね。私の友人でもあるのよ」

「え⁉」

ニイナは一瞬、自分の出自を発表された挙句、祐人の付き添いと紹介されて顔を引き攣らす。だが、そこはさすがに訓練された淑女のニイナはすぐに外向けの顔をつくる。

「はい、よろしくお願いします」

（出自はいいです。どうせ、ここの人たちにはおそらくすぐにばれるでしょうから。でも付き添いですって？　付き添いですけど、何か蚊帳の外に置こうとしているのを感じます）

この時、ずっと興味なさそうにお酒を飲み続けていた俊豪がピクッと反応する。

それは「ミレマー」という言葉に反応したのだ。

「おい、あんた、ミレマー元首の娘っていうのはマットウ首相の娘ってことかい」

突然、テーブルの端から失礼な物言いで話しかけられてニイナは眉を顰めるが、すぐに笑顔で答える。

「はい、そうです。父を知っているのですか」

「いや、知らん。ただ、ちょっとミレマーには因縁があってな」

「因縁ですか」

横で亮が「俊豪、失礼だよ！」と言っているが、俊豪は無視して話を続ける。

「ああ、ミレマーで大変なことが起きただろ。あの時、俺もミレマーに行ったんだよ。その大変なことを収めにな」

「え……!?」

「まあ、空振りしたんだがな。チッ、嫌なこと思い出しちまった」

ニイナが驚いている横で祐人も驚いている。

しかし俊豪はこちらを意に介さずシャンパンを飲み干して、給仕の人に新たにお酒を要求した。もうこちらへの興味はなくなったようだ。

(ミレマーに来ていた？　誰なんだ、この人は)

「はいはい、では次に今日の主役かな！　堂杜のお兄さんです！」

「え――!?　主役!?　別に僕はただの……ただの何だろう？」

(この場で護衛で呼ばれたとか言っちゃまずいよね)

「うん？　堂杜？」

新しいお酒に口をつけた俊豪が眉根を寄せる。隣で亮もまるで聞いたことがある名のように俊豪に頷いてみせた。

「何を言っているの、お兄さん。堂杜のお兄さんはね、すごいんだよ！　とっても強いの。今はランクDだけど、私の見立てではいつかはランクSかSSになるほどの逸材だと思ってるのよ！」

「い――!?　ちょっと、秋華さん！　言いすぎ！　評価が高すぎでおかしいよ！」

明らかに冗談と受け取られるか、鼻で笑われるかという秋華の評価に祐人は恥ずかしくて慌てる。

すると案の定、英雄が大笑いをする。

「アーハッハー！　秋華、それはさすがに持ち上げすぎだぞ！　逆に失礼だ。冗談が過ぎて恥をかいているじゃないか！」

愉快そうにする英雄に祐人も顔を赤くする。

それに合わせたように皆、笑みを見せた。

だが、ニイナは見ていた。

一部の人間たちの雰囲気がおかしい。

特に黄家夫妻、ＳＰＩＲＩＴであるイーサンとナタリーの目は場に似つかわしくない光を放っている。

俊豪と従者の亮は何を考えているのか分からないが笑っている感じではない。

(これは良くないです。堂杜さんを見る目がまずいですね。これはしたくなかったですが後で瑞穂さんたちにも連絡して四天寺の応援を頼む必要があるかもしれません)

そして、ニイナは三千院家の琴音に目を移す。

琴音だけはちょっと別の次元の目でジッと見つめているのを見て……こけた。

「はい、あとは急遽、参加して頂きました方たちの紹介でーす。こちらは孟家の方たちで楽際さんと、えっと、浩然さんね。孟家の人たちは黄家との付き合いがとっても古いのよ。それこそ数百年以上になるわ、もう親戚よりも濃い付き合いよね」

秋華の紹介を受け高齢の楽際と若い浩然が座ったままお辞儀をする。

ニイナはそれぞれの顔と名前を頭に叩き込んでいく。ニイナは能力者の世界には疎いので孟家がどういう家系で黄家とどういう繋がりなのかは知らない。

だが後の情報収集のためにもすべて覚えておきたい。

「次に何と王家からとんでもない人が参加してくれました！　さっき、私に失礼をしました方が俊豪さんで横にいるのが俊豪さんのブレーキ役の亮君です！」

「お、おい、根に持ってるな、あいつ」

「俊豪のせいだからね」

この時、王家の俊豪と聞いて誰よりも驚いたのは琴音だった。

「王家の⁉　まさか」

この反応を祐人とニイナは見て目を合わせる。

琴音のまるで超大物(ちょうおおもの)のスターに会った一般人(いっぱんじん)のような反応に首を傾げた。

「あれれ？　お兄さんたち反応が薄(うす)いね。ひょっとしてお兄さんたちは知らないの？　ちょっとぉ、この世界にいて俊豪さんを知らないって無防備すぎるよ」

「チッ、どうりで俺に生意気な目をしやがったわけだ」

「ふふふ、俊豪、ちょっと落ち込んだ？」

「そんなわけあるか。この世界で無知は命とりだ。まったく」

秋華はニンマリ笑うと改めて俊豪の紹介を続ける。

「まあ、堂杜のお兄さんらしいね～。あのね、こちらの俊豪さんは機関の定める最高ランクの能力者！　ランクSSの王俊豪さんだよ。まったく敵に一瞬の反撃も許さない戦いぶりからついた二つ名は【天衣無縫】！　とんでもない大物なんだよ」

「SS⁉」

　ここまで聞いてさすがに祐人は驚き目を見開いた。

（ランクSSって、あの毅成さんやアルフレッドさんと同格ってことか）

　祐人の視線を受けるも俊豪はつまらなそうにしている。

　だが、俊豪は確かな口調で小さく呟いた。

「ふん、だが俺もそのガキを知らねぇ。その意味では無知はお互い様だ。俺が無名の時、散々、俺を舐めた連中が地に這いつくばったのを見てきた。だから俺はこいつを同格として扱う。舐めて負ければどんな名も一瞬で失う。それが能力者ってもんだ。それと比べてこいつは俺にふざけた目を向けてきたが、ガキ特有の自信過剰さで俺を過小評価しなかった。それどころか全力を出す準備をした。その点は認めてやるか」

　この呟きを隣の亮は聞き取り苦笑いする。

「僕はいつも思うんだけど、俊豪って意外と先生が向いていると思うんだよね。誰も信じてくれないと思うけど。弟子とか募集してみたら？」

「んな、面倒くさいことするか」

祐人が驚いたことに満足気な秋華がさらに続ける。

「ふふん、俊豪さんはねぇ、実は他にも二つ名があるんだよ。それはなんと【守銭奴】でーす！　二つ名なのに何個も呼び方があるなんて不思議だよね！　報酬額が高すぎて依頼することもままならないランクSS！　機関も懐が深いって思うなぁ」

「おい、てっめえ、秋華！　それを次言ったら許さねえって言っただろうが！」

「あはは、ごめんなさい、俊豪さん。でも有名な話だからいいじゃない」

祐人はランクSSに対してこの態度ができる秋華の方がよっぽどすごいのではと思ってしまう。ちなみに英雄は俊豪を尊敬の眼差しで見ている。

ニイナは黄家のこの兄妹を観察して俊豪に顔を向けた。

（口は悪いし、粗暴な振る舞いをしていますが、この人は年下に優しいのかもしれません）

実際、俊豪は言い返すがそれ以上、激高するということはない。

ひょっとしたら壊滅的に不器用な人間なのかもしれない。

「こら、秋華。俊豪さんに失礼がすぎるわ。王家と黄家は良好な関係を保っているんだから、あんまり俊豪さんの優しさに甘えるんじゃないの」

「はーい」

　雨花が窘めると秋華は肩を竦めた。

「それでは最後ですね。アメリカの超優秀な能力者部隊ＳＰＩＲＩＴの方たちです！　今回、私が無理を言って来てもらったの。本当に来てもらえるとは思わなかったわ、招待に応じてくれてありがとうございます。えっとお名前は……」

「イーサン・クラークです」

「私はナタリー・ミラーよ、皆さん、よろしくお願いします」

　二人だけはスーツ姿でどちらかというと一流企業の社員かのように見え、物腰も礼儀正しい。

　イーサンが秋華に目を向けると秋華はニッコリと笑顔で返す。

　イーサンも微笑を返すが内心は喰えない人物だと秋華を評価した。

（この少女か、本部に連絡をいれたのは。まさかこの堂杜祐人という少年も参加する夕食会に招いてくるとは。本国も参加して来いと指示してくるわけだ）

　そもそも黄家という名門能力者家系の屋敷に国家お抱えの能力者部隊の人間が招かれるなど聞いたことはない。

　というのも能力者部隊を抱える国家はどこもそうだが世界能力者機関と仲は良くない。

　表立っての対立はないが互いに牽制し合っているのが実情だ。

機関の理念である公機関への悲願はパワーゲームを水面下でしている国々にとって、あまり歓迎できるものではないのだ。

互いの能力者に対する考え方が違いすぎる。

機関は能力者を普通に存在する社会の構成員に。

国家お抱えの能力者たちは異能力を活かした裏舞台でのパワーゲームでの駒として。

方向性として真逆である。

「本日はお招きいただきありがとうございます。これを機会に黄家の方々や参加されている方々とは良い関係でありたいと本国は希望しています」

イーサンはまず大威と雨花に会釈をして、皆にも目を向ける。

そして、最後に祐人に顔を向けると祐人は反射的に会釈をした。

「堂杜さんも初めまして。見たところ堂杜さんは国家お抱えの能力者は初めてですか？」

「え？　あ、いえ、そうですね」

実際は違う。

それどころか祐人は国家お抱えの能力者部隊を壊滅させている。

だがそれをここで言う必要も、言うわけにもいかないので曖昧に答える。

「そんなに難しく考えないでください。私たちは言うなれば公務員です。ただ、能力者部隊なんて言い方をされるので殺伐としたイメージが先行してしまうかもしれませんが」

「なるほど、公務員ですか」

言われてみれば国家お抱えとは、考えればそうかもしれないとも思う。

イーサンが自然な感じで祐人に話を振り、いかにも大人の雰囲気で話し出すとすぐに秋華が間に入る。

「はいはいー、駄目ですよ、早速、お兄さんを勧誘しないでくださいね」

「へ？　勧誘？」

祐人が思わぬ言葉に驚くがニイナは横で「なるほどね」とこぼした。

「これは失礼しました。そういうつもりではなかったんですが、私たちはどうにも色眼鏡で見られがちなので、いつも先にこういう説明をしているんです」

「ふふふ、いいんですよ。では食事を始めましょう！　皆さん、楽しんでくださいね」

秋華は笑顔で応対し、食事会らしくそれぞれに会話を交わすようになった。

ニイナは雨花や琴音と他愛のない会話をしながらも意識は秋華とＳＰＩＲＩＴの二人に向かっている。

（必ずどこかで祐人さんを巻き込んでの話になるはず）

そのニイナの横では食事をもりもり食べてご満悦の祐人がいた。

(この人は何で自分のことになると一般人以下の現状把握能力になるのでしょう。これから堂杜さんを中心にややこしい話になることは言ってあるのに)

祐人はそんなニイナの気苦労を知ってか知らずか、自分に割り当てられた料理を綺麗にすると大量に盛り付けられている大皿から料理をとった。

(それにしても堂杜さんて結構、食べるんですね。今までは遠慮していたのかしら。あ、違いますね。生活費によって食べる量を調整してるのね)

そう考えるとニイナは今度、祐人にいっぱい食事を作ってあげたいという欲求が湧いてくる。

これはニイナの性格か経験なのかは分からないが、気になる男子が食事を我慢しているのはとても悲しく思えてしまうようであった。

それでニイナは自分の料理のお皿をそっと祐人に移動させた。

「堂杜さん、私のこれも食べてください。私には食べきれませんから」

「え、いいの!?　これすごく美味しかったんだよね！　あ、でもニイナさんは？」

「クス……いいから食べてください。私は自分で調節しないとデザートにまで余力が残らないんです」

「うわぁ、ありがとう！　ニイナさん！」

いつも友人の機微をよく見ている祐人には珍しくニイナの嘘に気づかずに大喜びでお皿をもらう。この辺は想像以上に祐人がニイナに気を許している証拠なのだが、二人はまだそのことにまで気づいていない。

他人の料理をもらう、もらえるというのは結構、親密の証でもあるのだが。

これを見ていた斜向かいの琴音もすぐに立ち上がる。

「堂杜さん、私のも食べてください！　どうぞ！」

「え？　え？　いいの？」

「あらあら、祐人君、その料理が気に入ったの？　それならもう一度作ってもらいましょうか？」

食事会に入ってから祐人君と呼ぶようになった雨花が目尻を下げる。

「あ、そこまでして貰わなくても大丈夫です！　す、すみません」

「ったく、これだから貧乏人は……痛！」

雨花に腰をつねられて英雄は背筋を伸ばす。

「英雄、客人に何てこと言うの。英雄こそ、客人もろくにもてなせないようでは、それこそ恥さらしよ。聞けば祐人君はあなたの同期じゃないの。もっと仲良くしなさい」

　とはいえ、自分だけあさましい姿を見せている気がして急に恥ずかしくなった祐人は琴音の申し出を受けて料理をもらうことにした。

「雨花さん、これで満足ですので大丈夫です。琴音ちゃん、ありがとうね」

「いいえ」

　自分のお皿を受け取ってもらって嬉しい琴音はニッコリと笑う。

　この様子を見て秋華が感心したように割って入ってきた。

「お兄ちゃんは瑞穂さんが堂杜のお兄さんと仲が良いのが気に入らないのよねぇ。男の嫉妬は見苦しいよ、お兄ちゃん」

「なっ！　違っ……そんなのとは関係ない！　俺は友人も自分の目で確かめなければ付き合わないだけだ！」

「はいはい、でも堂杜のお兄さんって結構、食べるよね。四天寺家の大祭で出された食事もこれでもかってくらい食べてたし」

「え⁉　秋華さん、それは！」

「ああ、大丈夫よ。ここにいる人たちは全員、四天寺の大祭のことは知っているから。秘事とか言っても、ちっとも隠してなかったしね。それにうちはお兄ちゃんも参加してるんだから。ね！　お兄ちゃん」

「ぐぐ」

秋華にそう言われると英雄は黙ることしかできないらしく何故か祐人を睨んできた。

（うわ、久しぶりの逆恨みだぁ、あはは……）

「でも、あれでお兄さんが有名になっちゃった部分もあるんだよねぇ」

「え？　僕が？」

秋華がニヤニヤしながら祐人に頷くとニイナが顔を引き締めた。

（来ましたね）

「あはは、そういうところ、お兄さんは鈍感すぎだよ。だってＳＰＩＲＩＴのこの人たちはお兄さんを勧誘しにわざわざ上海まで来たんだから。ねぇ、イーサン・クラークさん」

「ええ!?　それはさっき言っていた冗談でしょう」

突然、振られたイーサンだったが、別に驚く風でもなく笑ってみせると驚く祐人に顔を向けた。

「いや、ミスター堂杜、ミズ黄秋華が言っていることは本当です。私たちは君をスカウトしに来たんです」

「ス、スカウト？　僕を？」

「そうです」

祐人はニイナから黄家が自分を取り込みに来ると聞いていたのでそれは警戒していた。相手は主に秋華になると思っていたので丸め込まれないように言葉には気をつけようとしていたのだ。

ところが今、自分を勧誘してきたのはアメリカの能力者部隊のＳＰＩＲＩＴだったことについていけていない。

「何故ですか？」

「もちろん、ＳＰＩＲＩＴはミスター堂杜を高く評価しているからです。ＳＰＩＲＩＴは常に優秀な能力者を募集しています。我々はミスター堂杜を知って興味をもちました」

「僕を⁉　それでわざわざ上海まで来たんですか？」

「仰る通りです」

祐人の困惑ぶりをイーサンは真面目な表情で観察している。

（黄家が堂杜祐人の勧誘を牽制してくる場合も想定していたが、こういう形でくるとは意外だった。だがこれで黄家も堂杜祐人を大いに気にしていることが確定した。私たちを巻き込んだのは黄家も堂杜祐人をどう抱き込むか考え中、もしくはきっかけが欲しいというところだろう。ならば、この勧誘合戦に乗らせてもらう）

イーサンが視線を秋華に移すと秋葉はニコニコと笑顔のままだがスッと目だけが鋭くな

る。

（フッ、やはりね）

「ミスター堂杜のような若くて優秀な人材は中々いないと我々は考えています。このままではすぐに他から勧誘されてしまうことを危惧(きぐ)しました。それでもし我々以外のところへ行かれてしまわれてはあまりに我々も口惜(くちお)しい。それでそうなる前にとにかく話だけでも聞いてもらうために追いかけてきたのです」

「い、意味が分からない」

「すごいね！　お兄さん。ＳＰＩＲＩＴにこんなに評価してもらうなんて中々ないよ！　ＳＰＩＲＩＴは機関を除けば最大の能力者集団なんだよ」

「そうなの⁉」

祐人がひっくり返る。

凄(すご)いんだろうな、とは思っていたがそこまでの組織とは。

さすがはアメリカといったところか。

「そうよー、本当に何も知らないんだからお兄さんは。ちなみにお兄さんを追いかけてきたのはアメリカだけじゃないよ。ロシア、イギリス、フランスの方々も来ていたみたいだし、多分、他の国の人も来ていたんじゃないかな」

にこやかに秋華が暴露するとイーサンたちは苦笑いを浮かべておどけてみせる。

「そこに我々だけ招待をいただきミズ秋華には感謝いたします」

「パパ、ママ、聞いた？　ほら私の言った通りでしょう。これでお兄さんがどれだけ凄い人か分かった？」

秋華に問われると大威と雨花は微笑を浮かべて頷いた。

「分かりましたよ。というより秋華」

「何？　ママ、まだなんか疑っているの？」

「違います。もう私たちはとっくに堂杜君を評価しています。これ以上ないくらいにね。だからあなたがまだ堂杜君を必死に私たちに売り込んでいるのがおかしいのです。ね、あなた」

「そうだな」

「ええ⁉　なにそれ！」

両親のセリフに珍しく秋華が素で驚いているようだ。

ニイナも秋華の驚きぶりにどうなっているのかと考えるが、恐らく先ほどのことが関係しているのだろうと想像がついた。

（分かってきました。どうやら秋華さんはこの夕食会で大威さんたちに堂杜さんのことを重要人物と認めさせる算段だったのでしょう。今までの出来事は全部、この時のためだったのですね。それが先に大威さんたちがこれ以上なく認めてしまっていたのを驚いているんですね）

「だって、最初は話も聞いてくれなかったのに」

「当たり前でしょう。あなたはいきなり結婚相手が見つかったって言ってきたんですよ？　そんなもの黄家の人間が取り合う訳がないでしょう。しかも琴音さんと一緒に結婚するって、そんな馬鹿な話がありますか！　三千院家がそんなの認める訳がありません。もちろん、私たちもです」

「いい――――!?」

「はあ!?」

雨花が呆れたように言うその前で祐人とニイナが椅子から落ちそうになるほど驚いた。

「おいおい、なんか面白そうな話になってんな」

「あれ？　珍しく俊豪も人の話を聞いてたんだ。それにしても秋華さん、すごいね。さすがの僕も理解を超えるよ。でもそこまでしてあの人が欲しいんだぁ。それは興味が湧くね。あ、これ美味しい」

俊豪と亮は他人事のように外野から観察している。

孟家の二人の表情は読めないがこの状況を見つめているようだ。

ちなみに英雄は石のように固まって処理落ちしている。

ニイナはフルフルと震えだす。

さすがのニイナもこれは想像していなかった。

だがそう言われると何故、秋華が親友と言っていい琴音を巻き込んできたのか理由がよく分かった。

（二人で堂杜さんと結婚⁉　堂杜さんを取り込もうとしていたのは分かっていましたが、それは秋華さんだけでくるのかと思っていました）

「秋華さん！　あなたはどこまで常識が壊れているんですか！　もう滅茶苦茶です！　それに琴音さんもそれでいいんですか？　絶対騙されてますよ！」

ここで黙ってはいられなくなったニイナが声を上げると琴音はモジモジしたように頬を染める。

「私は……その、堂杜さんがいいのなら、あの、それで……」

ニイナは椅子からずり落ちる。

（駄目だこりゃ）

すると顔を青ざめて固まっている祐人に雨花は向き直った。

「堂杜君、あなたには先に謝るわ。それとあなたたちにこれ以上、隠し立てするのも失礼ですので、ことの顛末(てんまつ)を伝えましょう。誠実な相手には誠実で返さねばなりません」

雨花がそう言うと秋華はふう、と息を吐(は)いた。

「数週間前に秋華が突然、堂杜君を紹介したいと言ってきたのよ。さっき言った通りの話でね。それでもちろん馬鹿馬鹿しいと話は打ち切ったのだけどこの子は諦(あきら)めなくてね」

雨花の説明が始まると秋華は頬杖(ほおづえ)をついてプンプンとしている。

「そうしたら突然、秋華が友達を呼んだって言うのよ。まず友達のいない子だったから喜んでいたのに、名前を聞けば琴音さん、堂杜君、ニイナさんとどこかで聞いた名前ばかり。事前に私たちが駄目と言った話に出てきた人たちじゃない。それでこの子ったら……と思っていたら」

雨花が琴音やニイナに目を移す。

「琴音さんは良い子だし、本当に仲が良いのを見て驚(おどろ)きました。それに堂杜君たちが来た際にニイナさんともお話をしたけどとても好感が持てたわ。こんないい子たちだから秋華とも仲良くしてくれているのね、って。別の意味で予想外で嬉しかったのです」

雨花の話は母親としての意見であり、好ましいものであったのでニイナも含(ふく)めて聞き入った。

そして雨花が祐人に向けた。

「それでさっき堂杜君とも顔を合わせてさらに驚きました。度肝を抜かれるというのはこういうことを言うのでしょうね。まずは秋華の言った通りの実力、というよりもそれを超えています。どうやら秋華ですら堂杜君を測れてなかったようですね。秋華はとんでもない子を連れてきました。心技体は能力者も大切にするところです。その若さでよくぞこまで練り上げました」

「い、言いすぎですよ、雨花さん」

「そんなことはありません。能力の高さで相手に敬意を示すのは黄家のしきたりです。ですので私たちはあなたを年下や子供として扱いません。一人前の、私たちと同格の者として扱います。色々と試すような真似までしまして申し訳ありませんね。堂杜君はそういうレベルの能力者ではありませんでした」

雨花が祐人に頭を下げた。

「そんなことないですよ！　普通に扱ってください、普通に！」

この雨花の言動には孟家の人間たちが殊更驚いた表情になった。

孟家は黄家の裏側で常に従ってきた家系である。

その孟家にしてみれば黄家の現当主である雨花が頭を下げるというのはそれだけのこと

なのだ。

一方でニイナは祐人の評価が高いのは嬉しいが逆にそわそわしてくる。

嫌な予感がしてきたのだ。何故なら話は本題に入っていない。

（それにしても黄家は能力の高さで相手に敬意を示す、って全然、直系の二人に伝わってない気がしますけど）

ニイナはまだ固まっている英雄と不機嫌そうな秋華に目を向けると乾いた笑みを溢す。

（ひょっとしたら秋華さんと英雄は突然変異？　残念な方向性の）

それとニイナが引っかかったところがある。

色々と試す真似とは、まさか。

ここまで相手がさらけ出してきたのだ。もう直接聞いてもいいだろう。

「雨花さん、今日、秋華さんたちが襲撃されたのは知っていますか？」

「もちろん、知っていますよ。うちの者が大変、失礼をしました。申し訳ないと思っています」

平然と答える雨花を見て、ニイナはやはり、となる。

祐人もこの件には目を険しくした。

つまり祐人の実力を襲撃することで試そうとしたのは秋華で、それを事前に伝えられていたにもかかわらず止めなかったということだ。

この場で秋華が黄夫妻に祐人をアピールするためとはいえ、とんでもないことをしている。どんな理由があるとしても危険な真似をしたことに変わりはないのだ。

だがこれは祐人を取り込ませないための良いカードになる。

自分たちの勝手極まりない都合で祐人を襲うなど論外だ。

「やっていいことと悪いことがあると思います。私は堂杜さんの秘書として正式に抗議します」

「分かっています。この件に関してはこちらの落ち度ですので返す言葉もないです。捕まえた者たちは厳重に処罰しますし、英雄、聞いているの⁉ これはあなたの不甲斐なさが招いたのよ」

雨花が茫然自失の英雄を叱咤する。

「ハッ、何ですか、突然」

「何ですか、ではありません。今日、あなたを推す親派が堂杜君を襲ったのですよ」

「ええ⁉ 何ですかそれは！」

「まったく、そんなことも分かっていないのですか。自分の足元もまとめ上げられない様では黄家を担うなどできないと伝えているでしょう」

（え？　え？　どういうことです？　襲撃の犯人は秋華さんに雇われた人たちじゃ）

「連れてきなさい」

雨花が後ろの従者に伝えるとすぐに三人の男たちが連れて来られた。

全員がその男たちに視線を集中させる。

「あ、お前たち！　何で」

「英雄様ぁ」

このボロボロの姿の三人には祐人も見覚えがある。

デパートの駐車場で襲ってきた連中に間違いがない。

途中から話が思わぬ方向に進みＳＰＩＲＩＴのイーサンもナタリーも驚いているようだ。

「この者たちが襲撃した者たちです。この者たちは英雄を次期当主に推す者たちですが早まった真似をしましたね、まったく。堂杜君は友人として来ているというのに」

ニイナは話の展開に驚いて秋華へ振り返る。

すると秋華はこちらをあきらかに見ないようにしている。

（え？　まさか秋華さんの話は本当だったっていうの⁉　え？　え？　ちょっと待って、今、雨花さんは友人として来ていると言いました？　話が見えません！　私たちが護衛に来ているとはまだ思ってない？　何なんですか⁉）

ニイナは混乱してきた。

それは祐人も同様で祐人はニイナの言う通り自分を試すために秋華か黄夫妻が指示して襲わせたのだとすら疑っていたのだ。

「ちょ、ちょっと待ってください、雨花さん。彼らは明らかに僕を襲ってきました。秋華さんを襲ってはいなかったです！」

この祐人の発言に雨花はキョトンとする。

祐人の伝えたい内容が分からないようだった。

「え？　ええ、そうですよ。この者たちは堂杜君を襲ったのです」

「へ？」

「は？」

祐人とニイナは雨花の返答に脳内が「？」で埋まる。

「はっはーん、分かってきたぜ。どうやらお前らは黄家という組織のあり方をまったく知らねーんだな」

突然、ずっと我関せずにお酒をあおっていた王俊豪が口を挟んできた。

若干、酔っぱらっているのか陽気になっているようにも見える。

「そ、組織？」

祐人とニイナが俊豪に振り返る。

「まあ、知らねーのも仕方ねーか。黄家はな、次期当主を決めるのに何個か独特のルールがあるんだ。まず黄家は長男が無条件では当主を引き継がねぇ」

「は、はい、それは何となく秋華さんから聞いていました」

「直系が複数人いた場合、まあ、例えば今回に当てはめれば英雄と秋華だが、黄家に属する者たちは自分がこの人こそ次期当主に相応しいと思う者それぞれにつくんだわ。それで現当主が引退するとき、この勢力が強い方が跡継ぎになる」

それも何となく分かる。それらしいことを秋華は言っていた。

（うん？　待てよ。秋華さんは最近、自分を推す勢力がいたと知ったと言っていたな。俊豪さんが知っているような話、秋華さんが知らないわけがない）

「それとも一つ、黄家の当主は男しかならない」

「え⁉　で、でも雨花さんは」

「雨花さんのはあくまで代行ということだ。これもかなり例外だがな。現当主が体調、もしくはその他の理由で黄家を切り盛りしていくのが難しい時に稀に伴侶、つまり雨花さんがその務めをすることがある。こういう事態になる時はまあ、大威さんを前に失礼だが当主の交代時期が迫っているともとれるんだわ。だから黄家中の者たちは心中、穏やかではなかったはずだ」

「す、すみません、それで何で堂杜さんが襲われるんでしょう?」

「結婚相手って言ったんだろう? 秋華は。つまり男しか当主にならない黄家ではそこの坊主が次期当主候補になる可能性を考えたんだろう。黄家は自由な家風で従者の権利を尊重する。特にこの次期当主に誰を推すかは従者たちの決して侵されない絶対的な権利だ。たとえ現当主でも手は入れられない」

まだ理解が及ばない顔をしている祐人たちを見て俊豪は舌打ちするとまたお酒をあおる。

「だからぁ、そいつらは試したくなったんだよ。次期当主候補になるかもしれない、その坊主の実力を。それでその坊主が納得のいく〝力〟を持っていれば従者たちはそれに基づいて推しを変える。当主に推す従者たちの数は常に変動する。いつ推す相手を変えてもいいんだ。当主を決める直前までな」

かなり独特なルールだ。黄家は次期当主を従者の数で争わせ、より支持を集めた者を次期当主に据えるということだ。

黄家の歴史は長い。にもかかわらず考え方によれば非常に民主的な方法で次期当主を決めてきたということだ。

もちろん今回のような危ないことも多々あったろうが、うまく機能すれば名家としていつまでも存続させる理由にもなり得る。

試すような真似をした、というのは家中の者がということであったか。

「私たちは秋華に祐人君をと決めていないし、ただの友人と言っているのに、この者たちは先走って勝手に行動したのよ。これは本当に申し訳なかったわ」

「で、でも、よそ者の人間を男とはいえ当主にするんですか？　だってそうしたら固有伝承能力の【憑依される者】を扱えない人間が当主になることになりますよ」

「うん？　関係ないわ。【憑依される者】はどれだけ素晴らしい術でもあくまでも一つの術。当主が優秀でなくては家ごと消えてしまう運命よ。それに【憑依される者】は黄家の直系の血を引く限り必ず引き継がれる。つまり家さえ残れば術も残るの」

雨花は何でもないことのように言ってのける。

「男が当主というのは黄家の伝統だから変えようはないし変える必要もないことよ。それにそれでなければ外の優秀な男性がわざわざ黄家に来ないでしょう。家を盛り上げてくれるなら家ごと持っていけということよ。まあ、それだけに黄家の女性は男性選びが大変なんだけどね」

雨花の話を聞き、なんとも柔軟というか逆に言えば確固とした考えがそこにあるように祐人は感じた。

ここでニイナがハッとした。

（ということは堂杜さんを呼ばなければそもそも襲われることもなかった？　いや、むしろ呼んだから襲われたことに。ああ！　最近になって自分を推す派閥があることを知って……秋華さんが堂杜さんを自分の結婚相手にすると家中にそれとなく吹聴したんだ！　両親には友達を呼ぶと言い張って、裏ではそんな噂を流したんですね）

ニイナがキッと秋華へ顔を向けると同時に秋華が顔をそむけた。

（こ、この子～、それが分かってて襲われるようにぃ！　それも嘘とも言えない言い回しでここまでしてぇ。どうりで質問しなきゃ何も答えないわけだわ。とにかく堂杜さんが実力者と伝わればいいっていうことだったのね）

「本当に申し訳なかったわね、堂杜君、ニイナさん。変な噂で巻き込まれてしまって。これも英雄が確固たる地盤を作っていればこんなことにはならなかったのに。大祭の一件でこの馬鹿息子が勝手をしたから家中の者にも呆れてしまった者が出てしまったのね」

雨花の横で涙目になった英雄をニイナと祐人は初めて同情の目で見つめた。

――その時だった。

その二人が気を抜いた一瞬に、凄まじい轟音と共に夕食会場のドアが吹き飛んだ。

「何だ⁉」

英雄が叫ぶ。

吹き飛んだ両開きのドアと共に三人の闖入者が現れた。

そのあきらかな不審者たちは全員、布で顔を隠し、常人とは思えぬ身のこなしで散開すると食事の並べられたテーブルへ三方向から飛び掛かってくる。

名乗ることも一息つくこともしない。虚を衝き、そのまま決まった標的に襲い掛かるということはまさに暗殺を狙ったものだ。

そして、その標的は――秋華だった。

「……⁉」

秋華は息を飲みこむ暇もない。

すでに眼前に迫る不審者の三つの視線を受けた瞬間、己に向けられた生まれて初めての本物の殺気に思考が止まる。

三人の襲撃者がそれぞれの手に短剣等の暗器を握る。

秋華が目を瞑った。

琴音が何かを叫び、英雄が椅子を激しく倒しながら秋華に飛び込む。

テーブルにつく唯一の一般人のニイナが悲鳴を上げようとすると後ろに控えていたアローカウネがニイナの前に立った。

すべてがスロー動画のように動き、それぞれの一連の流れの中、ニイナは右に顔を向ける。

するとその振り返りざまに自分の視野に入るはずの人物の姿がない。

（え、堂杜さんがいない？）

それと同時だった。

アローカウネの背中で遮られた視界の先、ニイナからは見えないところから凄まじい衝撃音が三方向から鳴り響く。

するとそれと時間差なくアローカウネの背中の枠の外へ三人の人間が吹き飛んでいった。

見れば天井、奥、手前の壁に誰とも分からない人間がめり込んでいる。

ニイナは恐る恐るアローカウネの背中を避けてその前方が見えるように顔を出した。

そこに見えたのは——料理の並ぶテーブルの上で技を繰り出した直後の祐人が片足で立ちながら大きく息を吐いている姿だった。

祐人にはじき返された襲撃者たちは息が詰まり半瞬、脳振とうを起こすがすぐに意識を取り戻しドア側へ跳ぶ。

「へー、思ったより頑丈だね」

祐人が鋭い眼光で呟く。

襲撃者の三人が逃げはしないところを見るとまだ諦めていないようだったが、祐人の静かな気迫に圧されて次の行動に移れていないようだった。

「貴様らは何者だ！」

英雄が秋華の横から凄むと大威と雨花がスッと立ち上がりテーブル上の祐人の近くまで出てきた。

襲撃の瞬間、二人とも反応していたのを祐人は知っていた。自分が出なくとも何かしらの能力を発動していただろうとは思うがそれよりも早く体が動いてしまった。

その祐人の動きを瞬時に把握し、ここにいる者たちは英雄、ニイナを除いたすべての者が席についたまま動かなかった。

王俊豪に至っては今も何事も無いようにお酒を飲んでいる。

（ＳＰＩＲＩＴの人たちも孟家の人たちも動かず、か。今、このテーブルにはとんでもない人たちが集まっている、ってことか）

そう考えるとこの襲撃者は間の悪いこと甚だしい。

だがそれを知らずに来たとは考えづらい。

「大威さん、こいつらも僕を試そうとした連中ですか？」

「ふむ、違うな。どうやら黄家の人間ではないようだ」

「そうですか」

意外な答えだった。

祐人は高い確率でまた自分を試そうとする黄家の人間の仕業かと考えていた。

そうとなれば逃すわけにはいかない。

しかし、相手がこの状況において逃げようとしないのがむしろ意外だった。

「ちょっと、俊豪も手伝いなよ」

「ああん？　ふざけんな。俺はそんな依頼は受けてねーぞ。食事会に招かれただけだ」

亮の言葉に俊豪は面倒そうに答えると背後で怯えている給仕に追加のシャンパンを持ってくるように指示する。

「イーサン、どうするの？」

「ふむ、こちらも同意見だ。ここは食事とお酒を楽しむべきだな。我々は本国の指示で食事会に参加しているだけだ。それに私たちがここで参戦しても恩義に感じてくれるわけでもないだろう。むしろ余計なお世話になる」

ＳＰＩＲＩＴのリーダーはそう言い、澄ました顔でワイングラスを傾ける。

すると襲撃者の三人が動いた。

一人は真っ直ぐ祐人へ。残りの二人は左右の壁に飛びつき、一人は雨花へ、そして最後の一人はまたしても秋華を標的にしているようだった。

どうやら秋華を仕留めるのに一番厄介と思われる人物を祐人と雨花と考えたようだ。

（僕と雨花さんを足止め⁉　何だ、この作戦は！）

祐人は相手の行動の狙いがすぐには分からなかったが即座に迎撃に入る。

「琴音ちゃん、英雄君！　秋華さんを後ろへお願い！」

「はい！」

「うるさい！　言われなくとも妹は俺が守る！　俺に指図すんな！」

祐人は構えて相手の動きを注視する。

（まるで、俊豪さんやＳＰＩＲＩＴの人たちが参加してこないのを見透かしている！　しかもまるで大威さんが戦えないことを知っているとしか！）

先程とは違い敵の動きが慎重で、大胆な動きは見せない。

しかし、襲撃者の三人すべてがぞれぞれの役割を担いながらも秋華に集中している。

つまり秋華を殺すためだけに行動しているのがありありと分かる。

すると、後ろに下がった秋華は再び、強烈な殺気を受けて顔を青ざめさせた。

ただの殺気とは思えない禍々しさがあり、布の裂け目から見える目は人間とは思えない。

その眼光だけで心の底からの恐怖が湧きあがる。

「な、何なの、こいつら。どうして私を？　ううう！」

すると秋華が突然、激しい頭痛に襲われたかのように頭を抱える。

「秋華ちゃん、大丈夫⁉」

「秋華！　まずい！　父上、母上、秋華が！」

英雄の慌てぶりに祐人が振り返ると、秋華の体がまるでピントが合わないようにぼやけだした。

秋華の異変に孟家の浩然が顔を青ざめさせて立ち上がり、楽際が神妙な顔で頷く。

慌てて浩然が秋華の様子を確認しに動いた。

この瞬間、敵が迫る。

どれも弾丸のようなスピードで琴音は祐人の指示通りに反応できず、うずくまる秋華を抱きしめた。

秋華が真の狙いと分かっている。つまり自分たちを足止めに来た奴らよりも三人目が重要。三人目はわざと半瞬、遅れて右の壁を蹴り明らかに祐人の背後へ向かっている。

（狙いが秋華さんと分かっている以上、お前らの作戦に付き合うか！）

テーブルの上に陣取る祐人は敵と激突前につま先で足元を蹴る。

すると綺麗に並べられていたナイフやフォークが祐人の周囲に跳ねた。

「ハァッ！」

祐人はその場で舞うかのように、飛び込んできた敵に強烈な後ろ右回し蹴りを繰り出す。

だが敵は反応していた。右腕で防御し、加えてその右腕を左手で補助する。

先ほどの激突で祐人の打撃力を理解した対処だった。

足場が悪いとはいえ堂杜祐人の回し蹴りに反応したということは実戦慣れしたハイレベルな能力者といっていいだろう。

事実、この男たちは裏では名の通った暗殺者であり三人とも『蛇』のコードネームで知られている者たちだ。

祐人を担当した蛇はそのリーダーであり、特にこの男のみを『蛇』と呼ぶこともある。

蛇は祐人の右足を受けたと同時に次の一手を考えていた。祐人の打撃力は常人では即死レベルのものだ。しかし、自分は耐えうることができると知っていた。

いや、むしろこの時を待っていたと言っていい。

己の術の対打撃に対しての絶対の自信。

事実、先ほど祐人に吹き飛ばされた時のダメージはほぼない。

自分の能力は〝軟体〟。

この男には骨格というものがない。

いや、正確にはあるのだが通常状態で骨が粉々に砕けている。

それを常時、霊力を駆使して、砕けている骨を繋ぎ合わせ骨格を形成している。

つまりこの男の身体は曲がらぬ方向などない。また、その特性からこと打撃に対しては飛びぬけた防御力を誇る。打撃のエネルギーは体の中で薄まりほぼ吸収してしまう。

しかし、それを明かすときは敵の意表を突くときのみだ。

日々、一般人と変わらずに背筋を伸ばし人間らしく関節を動かしているが、それこそが擬態であり、この男にとって戦闘の一手目で常人と同じ関節可動域を見せていることが布石なのだ。

その常識を確認させた後、この二手目が必殺の瞬間となる。

（我々が足止めなどと考えているのならそう考えればいい）

今も蹴りを受け止めるふりをしているだけ。

実際はそのまま腕と首に巻き付き、頸動脈に暗器を突き刺す。

（すでに我らが術中にはまっているのだぞ、小僧！　俺は暗殺者。相手を生かしておくなど考えたこともない！）

祐人の蹴りが腕に接触する直前、祐人の右脚の軌道が僅かに変わる。繰り出した右脚の膝を折って足の裏を見せた。

（なに⁉）

次の瞬間、蛇の右腕、左手に灼ける様な痛みが走る。

「グゥ！」

蛇は目を見開く。

なんと先ほど祐人が浮かせたナイフとフォークが足の裏に乗っており、それが自分の右腕を貫き、さらには左手にまで及んでいた。自分は打撃には強いが斬撃にはその限りではない。

（あの瞬間にこれを狙っていたのか⁉　まさか、俺の術まで見切って）

「どけ！　蛸男！」

祐人はそのまま足を振りぬき蛇は貫かれたナイフとフォークに導かれるように飛ばされ右腕、左手を壁に縫い付けられた。

「ぬあ！」

不本意にも蛸男と言われた蛇は壁に縫い付けられたまま祐人を睨みつけると驚愕する。

何故なら他の二人もそれぞれの壁に縫い付けられているのだ。この少年は自分への回し蹴りと同時に他の蛇たちへもナイフとフォークを放っていた。

（な、なんて奴！　情報より……いや、話が違う！　しかも我々の術を見切っていた⁉）

この時、王俊豪は空中から落ちてきた一本のフォークを掴み、何事も無かったように肉料理へ刺した。

「騒がしい。まるで曲芸師だな」

そう言うと肉を口に運んだ。

隣に座る亮は驚きを隠せない表情だ。

「す、すごい、技術だけじゃない。空間把握能力がずば抜けているんだ。これでもしパワーがあるなら」

そう言うとチラッと俊豪に視線を送る。

SPIRITのイーサンは微動だにせず、自然体でワインを飲みほした。

「あなたたち、よくこの状況で食べたり飲んだりしてられるわね」

ナタリーが俊豪とイーサンの図太さに呆れたような声を上げると、目の前に座る亮と目が合い、両人とも深いため息を漏らした。どうやらこの瞬間、お互いに共感できる何かがあったらしい。

「ふふ、ありがとう、堂杜君。ふむ、この方たちはどうやら『蛇』ね」

「蛇？」

「東アジアを中心に活動している、フリーの能力者よ。まあ、傭兵といったらいいかしら」

雨花は祐人の活躍に微笑みつつ襲撃者たちを見回す。

すると秋華に駆(か)け寄って秋華の様子を見た浩然が大きな声を上げる。

「楽際様！　秋華様が！」

「まずいな、何かに感応している。はやく、地下の幻魔(げんま)の間へ運ぶのだ」

「はい！」

襲撃者よりも深刻と言わんがばかりに黄家、孟家の人間たちの顔色が変わり、王俊豪は眉(まゆ)を顰(ひそ)めた。

第5章　黄秋華

黄家、孟家の人間の慌てぶりにテーブルから降りた祐人は状況が読めず、秋華の様子を確認する。

そこには呼吸を荒くし、うずくまる秋華が自分の両肩を掴んでいる。

英雄と浩然が秋華の背中に手をやり、その傍で琴音は心配そうに秋華を見つめる。

ニイナたちも祐人と同じく、この訳の分からない光景に戸惑っているようだ。

「あなた」

「うむ、楽際」

「分かっております。私は先に幻魔の間に行って準備をしております」

「頼む」

雨花と大威は楽際たちに秋華を任せると祐人やニイナ、他の食事会の出席者たちへ顔を向けた。

「本日は招いていない客のせいで騒がしい夕食会になってしまった。当主として皆様には謝罪を申し上げる」

　大威は動じない物言いで、頭を下げると殺到してきた黄家の従者たちが壁に縫い付けられた『蛇』たちを剥がしている。

　それを一瞥した大威はまた視線を前に戻す。

「ここまで侵入を許したことは黄家としては恥ずかしい限りだ。夕食会はここでお開きにさせていただくが皆様にはいつかこの不始末のお返しをしたいと考えている」

　そこまで大威が話したところでイーサンはニッと笑い、立ち上がった。

「それが聞ければ私たちとしては十分です。ＳＰＩＲＩＴとしては黄家と是非、良い関係でいたいものです。では、これ以上は私どもは邪魔でしょうから帰らせてもらいましょう」

　そう言うとイーサンは祐人へ視線を移し、ナタリーを連れて早々に出て行った。

「中々、空気の読める方ね」

　雨花がイーサンをそう評した。

　秋華のこれは黄家として絶対に外へ流れて欲しくないものだと理解し、何も言わずに早々に退出したことを言っているのだろう。

「さて、この『蛇』たちは厳しい尋問が必要ですね。誰が何の目的で雇ったのか、しっかり吐いてもらいましょう」

雨花が蛇たちに凍てつくような視線を送る。

祐人はそれを見ながらこの場で唯一の一般人であるニイナたちに顔を向けた。

「ニイナさんたちは念のため、この場から早く離れて。アローカウネさん、よろしくお願いします」

「そうですね、ニイナさんたちの部屋に見張りをつけましょう」

雨花も同調し、従者たちに指示を出した。

アローカウネは「分かりました」と言うと、心配そうに秋華を見つめているニイナを連れて足早に出て行った。アローカウネとしてはこんな場所にニイナをいさせたくはないだろう。ニイナの反論を許さない雰囲気を纏っていた。

秋華の顔色はまだ悪く、震えも止まっていない。だが、先ほどよりは落ち着いているようだった。

「秋華ちゃん」

琴音が表情を曇らせて友人の苦し気な顔を見つめる。

祐人も一体、何が起きているのか皆目見当もつかない。

だが、秋華に異変が起きた時、感じ取ったものがあった。

それは、戦慄だ。

魔界で何度も、また最近ではミレマーでガルムと対峙した時と同等のもの。

（一瞬だけど、とんでもない霊圧を感じた。何だ？　秋華さんに一体、何が起きて）

祐人はその時の感覚を思い出すと鳥肌が立った自分の腕を見つめ、秋華の背中に何らかの術を施している浩然に視線を移し、目を細める。

（これは僕だけじゃなくきっと他の人も感じ取っていたはずだ。ＳＰＩＲＩＴの人たちが早々に退散したのは空気を読んだだけじゃない。危険を察知したこともあったはずだ。黄家と孟家の人間は事情知っているようだけど、僕らには正直、恐怖しかない）

そしてそれを感じ取った時、さらにもう一つの感覚があった。

これは僅か一瞬のことで定かではなく、勘違いかもしれない。

（あれは殺気？　方向は）

祐人の視線が王俊豪に向かう。

王俊豪はこの状況にもかかわらず、いまだに我関せずといった様子だ。

しかも祐人が殺気と感じたそれは明らかに秋華へ向けられていた。

（まさか、ね。この人は秋華さんに招かれた人のはず）

「はやく、秋華を幻魔の間へ」

大威がそう言うと浩然と英雄は頷き、秋華の両側から肩を支えて立ち上がらせる。

「堂杜君」

考えごとをしていた祐人は大威に話しかけられて考えが飛ぶ。

「あ、はい」

「君はどうする？」

「え？」

どうする？　とは、どういう意味か。

「秋華は君に護衛を依頼している。しかし、秋華がいうような敵はいなかったことはもう分かっているはず。なんせ襲ってくるのは君の力を測る当家の者たちだ。つまり襲われていたのは君自身。それを知った今、君がここにいる理由はないのではないかな。すべて秋華の奸計みたいなものだ。今回の襲撃は偶然かまだ分からぬが、秋華の問題というより黄家の問題と私は想像している」

祐人は大威とその横に立つ雨花に顔を向けた。

「いえ、僕は残ります」

「ほう何故だね」

「たった今、僕の雇い主は襲われました。僕への依頼は夏休みが終わるまでの秋華さんの護衛です。つまりこれは有効です。少なくとも秋華さんの安全が確認できるまでは僕は秋華さんを守るつもりです」

大威は祐人の真剣な顔を見つめる。

その横では雨花が莞爾とした表情で祐人を眺めていた。

「そうか、分かった。では君の誠実さに我々も応えよう」

大威はそう言うと雨花に目配せをする。

雨花はニッコリとして頷き、祐人に顔を向けた。

「では、堂杜君、ついてきてくださいな」

「どこにでしょうか」

「黄家、最大の秘匿の場。幻魔の間にです」

「……!?」

「あ、琴音さんも。もちろん、俊豪さんもですよ」

「え!?　あ、はい！」

自分も誘われたのが予想外だった琴音は驚きながら返事をし、俊豪は面倒そうに立ち上がった。

「へいへい、これはまあ従うか」

こうして、大威たちに連れられて祐人たちは幻魔の間と言われる地下室へ向かった。

行く途中、琴音は頬を上気させて祐人の背中を頼もしげに見つめる。

そして、秋華の護衛を続けると言った祐人を思い出す。

(堂杜さんは決して見て見ぬふりはしない。私とは大違いです。絶対に見捨てないし見切りをつけない)

三千院の中で自身のことですら他人事かのようにしてきた自分を省みてしまう。

だが、それでは初めてできた友人にも自分自身にすらも関わることはできない、と今の琴音には分かる。

(私も堂杜さんのようにありたいです。いえ、そうあろうと努力します!)

琴音の中で堂杜祐人という存在がさらに大きくなった瞬間だった。


祐人たちは大威たちに連れられて屋敷の中央にある小さな扉の前に着いた。

その扉は大きな屋敷に比べて飾り気もなくシンプルで、たとえ前を通りかかっても備品の倉庫くらいにしか思わないものだった。

大威は雨花に向かって頷き、扉を開けさせる。

祐人はここが幻魔の間と呼ばれる場所なのかと意外に思いながら、秋華の左右から肩を貸している英雄と浩然の後に続いた。

中に入ると小綺麗にしてはあるが何も置いていない小部屋であった。

見渡せば壁には多くの水墨画が飾られていたが、逆に言えばそれだけで何も変わったところは見受けられない。

するど英雄がついに我慢できない、という面持ちで振り返った。

「父上！　本当にいいんですか。こいつらをこの場所に招いて。俺には理解できない」

「かまわん、これは当主としての決定だ」

「クッ……！」

英雄は大威に顔をそむけて歯を食いしばる。そして、一瞬、祐人の方を憎々し気に睨むがすぐに表情を戻した。

「分かりました。では俺が開けます。父上はまだお身体が」

「うむ」

この時、雨花が英雄の頭を小突いた。

「痛！」

「それこそ、それが一番の秘匿事項でしょうに。私たち家族にのみ共有されていたことを口走るなんて、なんて未熟なの」

「あ……」

英雄が顔を赤くして気まずそうにする。

「まあ、そのことについては後でお話しします。それにしても」

雨花は依然と苦し気にしている秋華と英雄を見つめた。

「本当に我が娘と息子ながらこうも性格的な問題点が違うことに母は頭が痛いです。秋華は言うことや行動にすべて意味を込めます。ですが少々、作為的で関わる人を巻き込みます。そして英雄、あなたは言葉を選ばず迂闊で短慮」

そう言いながら雨花は腕を組む。

「英雄、あなたは良くも悪くも真っ直ぐ。であれば知恵と洞察力を身につけなさい。能力者としての才能があっても知恵と洞察力が無くては達人と相対した時にすぐに死ぬわ。あなたは秋華のように虚実を交えて、秘匿事項すらも交渉ネタにできるタイプではないのよ」

何もこんな時に説教をしなくてもと思うが英雄は両親には頭が上がらないらしく、祐人は今の英雄を見て苦笑いをする。

（たしかに名門黄家の現当主が再起不能寸前というのは大事件だ。特にこの能力者の世界では。僕もそれを口走った時、雰囲気が変わったし）

英雄が部屋の奥へ進み、龍の描かれた水墨画の前で手をかざす。すると英雄から霊力が発せられ水墨画に描かれた龍が光りを帯びるとその目が床を睨んだ。

直後、何もなかったはずの床が割れて地下へ通じる階段が現れ、祐人と琴音は「おお」と感嘆する。

祐人はここでふと疑問が湧いてきた。

（それにしても黄家の家族のみにしか共有されていなかったことを秋華さんは僕らに話した。随分と軽く言ってきたから今の今までここまでの重要なこととは思いもよらなかったけど、かなり危険なことを伝えたんじゃないのか？）

これについて祐人は秋華の真意がまったく分からない。秋華は事の軽重が分からない人間ではないだろう。ただ雨花の言うことを信じれば、これについても何か意味があり、何かに巻き込まれているということかもしれない。

（まったく秋華さんは嘘と本当、嘘ではないけど本当でもないことを交えてくるから狙いが分かりづらいよ。それに加えて意味ある嘘と意味のない嘘、意味のある事実と意味のない事実を織り交ぜてくるんだから質が悪い）

祐人はまだ年端もいかぬ少女がこれだけの知恵が回るのは何故だろうか、と考えてしまう。もちろん答えは出ない。交渉相手として非常に手強い人物だ、ということだけは理解し秋華の才能を発揮する方向性に祐人は軽いため息が漏れてしまう。

（でも、そうなると妙だな）

祐人はそう考えチラッと浩然を見つめる。人の良さそうな浩然は秋華を落とさないように気を遣いながら肩を貸しているのが分かる。そして祐人の視線に気づくと何でしょうか？という風に首を傾げので祐人は慌てて愛想笑いをして視線を外した。

一方、英雄は珍しく言い訳をせずにいまだに悔しそうな表情をしていた。いつもなら自分の欠点を認めないか、他人のせいにするかと思いきや、そうすることもなく俯いている。

「まあいいでしょう。ですが英雄、いつか上に立つつもりがあるのなら自分の欠点を把握しておきなさい」

「はい」

英雄がそう返事すると大威は祐人たちへ振り返る。

「皆、こちらへ」

大威がそう言うと祐人と琴音に雨花がそう促し、二人は大威と俊豪たちの後に続いた。

階下に着くと祐人と琴音は目を見開く。

そこには非常に大きな空間が待ち受けていた。天井は三階建ての建物もそっくり入るほど高く、広さはサッカーグラウンドの半分ほどはある。

また壁には数々の道教の印が刻まれており、異質な雰囲気を醸し出している。

「ここが幻魔の間だ。私の代では黄家と孟家、それと王家以外では君たちが初めて足を踏み入れたことになるな」

大威の淡々とした言葉だったが、祐人にはその言葉の重みが伝わってきた。

おそらくこの場所は黄家の発祥に関わる超極秘の場所なんだろうと想像する。堂杜家に言い換えれば魔來窟に匹敵するような場所なのではないか、と。

祐人と琴音に自然と緊張が生まれ、顔を強張らせる。

何故なら、ここを見せられたという意味を考えてしまうのだ。

（これを見せたからといってどうにかなるものではない、ということもあるんだろうけど僕たちをここに招いていいのだろうか。そこまで信用してくれた、ということなんだろうか）

すると英雄が振り返ると祐人に凄む。

「おい、堂杜。この場所のことを他言しようものならお前に命はないものと思えよ。本来、お前のような奴が来ていい場所じゃないんだ。何で父上と母上は、お前なんかを」

「分かってる。絶対に言わないよ」

当然、そんなつもりは祐人にない。相変わらずの英雄だがこれは英雄の言う通りだとも思う。というより、ここまで英雄が何も言わなかったことの方が祐人には意外だった。

「ふん、俺はまだお前を信用している訳じゃないということを覚えておけ」

「う、うん、覚えておく」

するとまるで祐人の表情を読み取ったかのように雨花は口を開いた。

「ふふふ、大丈夫よ、堂杜君。別にこれで何かあなたと琴音さんに責任を負わせるものではないわ。そうね、ただこの場所にあなたたちを招いたのには理由があるのよ」

「理由ですか？　それは何ですか？」

「それは内緒よ、ふふふ」

「え⁉」

「あ、気にしないで。そんなに大したことではないわよ。まあ、そのうち話します。ここで言いたかったのは黄家にとってもちゃんと理由があって、あなたたちにデメリットを負わせるものじゃないから緊張しなくていいわ、ということよ」

「そうですか」

雨花が裏表のない笑顔を見せたので祐人は緊張を解き、これ以上詮索はせずに頷いた。

祐人たちが進む前方の中央には道教風の祭壇があり、そこにはすでに楽際が待っていた。

「大威様、準備はできております」

「そうか、ではすぐに頼む」

「分かりました。浩然！　秋華様をここに」

「はい！」

楽際に指示され、浩然は英雄に顔を向けて了承を得ると一人で秋華を支えながら祭壇の上に横たえた。

すると楽際が祭壇に向かい見たことのない術式を展開する。祭壇を中心に小さな魔法陣が囲うようにいくつも現れ、やがて秋華を中心にゆっくりと周囲を回りだす。

琴音は心配そうに秋華を見つめ、祐人のすぐ横に立った。

「堂杜さん、これはまさか」

「うん、もしかするとここが黄家の固有伝承能力の」

すると目の前の光景に目を奪われながらの二人の会話に大威が割って入った。

「そうだ、二人とも。ここが黄家の秘術【憑依される者】が解明された場所だ」

祐人と琴音は硬い表情で大威に顔を向ける。

「そして秋華の症状は、まさにその【憑依される者】に侵されているのだよ」

「なっ！」

「え⁉」

祐人と琴音が思わぬ事実を聞き驚愕している横で英雄は拳を強く握りしめた。

第6章　幻魔の間

声が其処彼処から聞こえてくる。

いや、厳密にいえば声なのかも分からない。

ただ分かる。

その存在たちが何を言っているのか。

〝受け入れろ〟

〝体を貸せ〟

〝お前自身を……よこせ！〟

何もない空間。

秋華はすぐさまその場から走り出す。

とにかく必死に逃げる。

背後から自分に纏わりつき、自分の体を、心を奪わんとする意識が伝わってくるのだ。

（捕まれば私のすべてが喰われてしまう）

秋華の直感がそう伝えてくる。

しかし、その存在たちとの距離は広がらない。

むしろ、どんどん自分に近づき追いついてくる。

秋華は目を瞑った。

秋華はこれを覚えている。

幼い頃に何度も見た夢だ。

そして後に知った。

これは夢ではないことを。

（来ないでよ！　あんたたちを受け入れたら、私は）

物心がつき、自分が一般の人たちとは違う能力を持っていることを知ったのはいつ頃だったか。

黄家では他の能力者の家系と同じく、幼少の頃から能力者としての修行を始める。

基礎となる霊力の「発動」「循環」「安定」「自然」を通し、上位基礎項目の「操作」「放出」「創造」「性質変換」に至る。

これらを身につけ各家の伝統スキルを修行する。

各家の伝統スキル——分かりやすくいえば四天寺家では精霊の行使、オルレアン家で言えば退魔のスキルだ。

これら項目の強弱は各能力者が修得するスキルによって異なり、基礎項目、上位基礎項目、そして応用プラスアルファが重要になってくる。

当然、魔力系能力者も変わりはない。

例えば精霊使いの場合、重要なのは「操作」「放出」であり、これを重点的に修行する。

また、ここからは機密情報に触れることになるが（といっても精霊使いのような有名な職種はある程度、解明されてしまっている）、これらに加えて「感知」「感応」「具現」「付与」「交換」「調律」を修行していると言われている。

もちろん、同じ精霊使いでも個々の項目の得手不得手があり、またこれ以外の修行をしている可能性もある。これは各家、という問題ではなく各個人で考え、工夫し、より強い新たな形を模索していることから、同じ精霊使いでも一人としてまったく同じということはない。

特に黄家のような固有伝承能力を持つ家系はその修得過程に謎が多く、修行項目も修行方法も知られておらず、また知ったとしても身につけられるものではないと言われている。

「大威さん、【憑依される者】に侵されている、というのは霊力中毒のようなものとは違うのですか」

祐人は不安を隠せない顔で尋ねる。

今、祭壇の上の秋華は胸を大きく何度も上下させている。意識があるのかないのか、外から見ていても分からない。

楽際は胸の前で印を結びながら術式を継続させている。浩然は祭壇の周囲を回り、石の床に霊力結界の線を引いていた。

「違う。君たちも【憑依される者】については知っているだろう。その名の通り高位神霊や神獣、いわば肉体を持たぬ幻魔をわが身に宿し、その力を己がものとする能力だ」

改めて聞けば本当に恐ろしい能力だ。

そもそも能力者とはその高位神霊や神獣を含めた暴走する人外と対抗するために生まれたといっていい。それを黄家はその敵を取り込んで自身の力にすることができる。

召喚や契約とは違い、己自身の判断でそのまま人外の力を使えるために術やスキルの発動にタイムラグやコミュニケーションはほぼいらない。

「言うわけにもいかんし、言ったところで意味もないことだから割愛するが、黄家の直系のみがこの力を使うことができる。しかし結果からいえば秋華は【憑依される者】を扱えなかった」

琴音はここまで聞いて秋華に視線を移した。

自分自身も精霊使いの名門である三千院の直系に生まれ、実力としては中途半端なものだ。

それ故に自分の立ち位置に苦しんだ。

もちろん、今もである。

だが秋華に至っては固有伝承能力のある家に生まれたのにもかかわらず、その固有伝承能力を扱えないという状況だった。

秋華は決して口にはしなかったが、心中では自分なんかよりも苦しんでいたのではないか、と思ってしまう。

「それは秋華さんが術に耐えられなかった、ということですか」

「簡単に言うとそうだ、堂杜君。だが、恐らくだが君は勘違いをしているだろう」

「それはなんでしょう?」

「秋華は能力者として劣っているが故に【憑依される者】が扱えなかったわけじゃない。むしろ、その逆だ」

祐人はハッとしたように大威を見つめる。

この時、雨花は目を細め、英雄は歯を食いしばった。

「秋華は黄家の歴代の能力者でも最高の才能を秘めたが故に【憑依される者】に蝕まれているのだよ」

「な……⁉」

祐人と琴音は目を見開く。

すると雨花が口を開いた。

「固有伝承能力といっても強弱がでるのです。特に【憑依される者】はそういう側面があります。能力によってどの程度の高位の神霊を自分に降ろせるかは決まります。つまり秋華の場合、神霊や神獣を降ろすための感応力、器が生まれながらにしてずば抜けていたのです」

大威は俯く英雄の肩に手を置いた。

「英雄も歴代でもトップクラスの感応力の才能をもって生まれた。しかし秋華はそれをも上回り、己では手に余る神霊を呼んでしまうのだ。いや、これでも語弊があるかもしれないな。秋華はそのまま放っておけば多くの人外にその体を狙われることになってしまったのだ」

「狙われる⁉」

「な、なんてこと……秋華ちゃん」

事の重大さが分かると祐人は顔を強張らせ、琴音は思わず両手で口を覆う。

「そう、最悪の場合、今の秋華が超上位の存在を自分に降ろしてしまえば強力な人類の敵が顕現したと同じ事になってしまう可能性すらある」

祐人と琴音は絶句してしまう。

しばしの静寂の後、祐人は上擦った声を上げた。

「ちょっと待ってください、大威さん。【憑依される者】はまさにそういった神霊を操る能力ではないのですか」

「そうだ。だが【憑依される者】のような強力な術が何の条件や制約も無しに使えると思うかね？」

「あ……いえ」

それは祐人も考えていた。

これだけの能力が黄家の人間というだけで自由に扱えるのだとしたら、まさにゲームチェンジャーと言えるほどのものとなってしまう。今頃、世界を黄家が席巻していただろう。

「この術を扱うには感応力と同時に憑依させた人外に負けぬ強力な霊力もしくは魔力、精神力、支配力、親和性、そして説明が難しいが誤解を恐れなければ人外に気に入られる魅力が必要なのだ。もちろん、前提に黄家であることが前提だがね」

黄家であるのが前提。やはり黄家直系にのみ伝わる、もしくは継承される加護、術があるのかもしれない。

（人外を、神霊をその身に宿してその力を自由に行使するなんて規格外の術だ。そのまま乗っ取られることのない何かが黄家にはあるんだろうな）

「秋華は生来、歴代最高の感応力と親和性、そして莫大な霊力を有していた。【憑依される者】は黄家直系ならば等しく七歳で開花する。これは開祖からそう決まっているのだ。そしてそれに合わせて黄家伝来の秘儀が施される。秘儀には孟家が立ち会い、孟家の助力を得て【憑依される者】が成るのだ。秋華はその時すでに、そのポテンシャルは超高位神霊、神獣クラスをも憑依させることが可能なものだった」

大威は祭壇の秋華を見ながら淡々と伝えてくる。

「だが、秋華はその感応力、親和性、魅力に見合った精神力、支配力がなかった。いや、それが普通なのだ。秋華の他の素質が異常だったと言っていい」

（なんていうリスクだ）

祐人は愕然とする。つまり大威の話は、黄家の直系はすべて七歳で幻魔に喰うか喰われるかの試練を強制的に受けるということだ。

大威は祐人の表情で考えを読み取ったかのようにフッと笑う。

「もちろん、この【憑依される者】のリスクの対処も存在する。というより修得までの段取りがあるのだ。そのリスク軽減と術の完成を助けるためだけに存在するのが孟家なのだ。つまり黄家と孟家は二家でひとつ」

祐人はその説明を聞き、今、秋華を横たえた祭壇の前で印を結んでいる楽際たちを見つめる。

「そして、七歳には強制的に【憑依される者】の資格を得てしまう。だから我らも考えられる限りの対処方法を準備していたのだ。だが秋華のそれは我々の予想を大きく上回り、事件が起こってしまった」

「事件……？」

「秋華の七歳の秘儀で超高位の神霊に乗っ取られそうになったのだ。しかも一体だけではない。複数のそれこそ神獣クラスの人外が秋華を求めて来てしまった。その時は何とか楽際とその息子の決死の秘術で収まったのだが犠牲も出してしまった。秋華は何も言わないが恐らく心の内に深い傷を抱えているだろう」

「そんなことが」

「秋華は普段は誤解されがち……というより、ああいう性格なのかもしれませんが本当は繊細で優しい子なのです。私たちに心配させないようにしているのですよ」

「秋華ちゃん」

琴音が眉を寄せて目を潤ませる。

その少し離れたところでは王俊豪が腕を組み、話を聞いているのかいないのか分からないが、ただ無言で立っていた。

「それで秋華には【憑依される者】は当然、その他の能力、霊力の発動すらも禁止している。しかし、そうはいえども秋華は能力者だ。普段であれば問題ない。だが今回のように身の危険が生じた場合には無意識に霊力が発動してしまうこともある。七歳までそうなるように厳しく修行をしていたのも仇になってしまった。ましてや優秀で覚えが良かっただけに、なおさらだ」

（これが本当なら黄家は秋華さんというとんでもない爆弾を抱えていることになる。いや、黄家だけの問題じゃない。最悪の場合、上海という一都市が危険にさらされる）

祐人は秋華のいつもの元気で陽気な姿が頭に浮かび、拳を固める。

「うぅ……うぐ！　はあぁ！」

突然、秋華が目を見開く。

そして秋華の体から突風が全方位にまき散らされた。

「これは⁉」

「秋華！」

祐人の目が見開き英雄が叫び、祭壇に向かって走る。

（とてつもない霊圧！　オーラ！　何だ⁉　秋華さんに何かが集まっていく！）

孟家の楽際と浩然は印を結び霊圧に抗いながら数種類の印を結んでいく。

「ぬう……浩然！　堪えろ！」

「は、はい！」

秋華の体が浮き、秋華は苦し気な声を上げる。

〝受け入れろ〟

〝その体を渡せ〟

「何ですか、これは⁉　声は秋華ちゃんです」

琴音が叫ぶ。

同時に祐人は琴音の前に出た。

そう、それは秋華ではない何かが秋華の声で発している。

「まずい……秋華様が神霊とリンクし始めている！」

楽際は思わずそう口に出して浩然に目を向ける。

浩然は楽際から見て明らかに未熟。

【憑依される者】修得の秘儀のために伝わる術の回転が遅い。

「何としても秋華様に幻魔が侵入するのを防げ！」

「あ、秋華！」

英雄が祭壇の前の浩然の横に立つ。

「英雄様、下がっていてください！」

浩然は胸の前で神霊封じ込めの印を結ぶ。

「だ、黙れ！　何とかしろ！　楽際！」

「分かっております！　浩然！　印の切り替えが遅いぞ！」

「は、はい！」

楽際が浩然に苛立ちを隠さずに叱咤する。

すると再び、秋華から暴風がまき散らされる。

◆

今、秋華は何もない空間を走り続けている。

先に何があるのか、方向感覚はない。

ただただ、本能に従い逃げているのだ。

（怖い……何が来ているの）

〝どこへ行く？　何故、逃げるのだ〟

〝欲しいのだろう？　我々の力が〟

（来ないで！　分かるのよ、あんたたちは暴れたいだけでしょう！）

秋華の目から涙がこぼれる。

秋華は前方からの嫌な波動を感じて左方へ走る。

（もう、あんなことはごめんなの！　私のせいで誰も傷つけたくないの！）

〝おかしいではないか。お前ら黄家は我々の力が欲しいのだろう？　だから力を貸してやると言っているのだ〟

〝怖かったのだろう？　突然、命を狙われて。だからお前は我らを呼んだ〟

（呼んでなんかない！）

〝見事な器だ。お前なら私の依り代になれる。最高の力が手に入るぞ。何も恐れることはなくなる。お前は私で私はお前になるだけだ〟

（誰があんたたちに！　誰があんたたちに！）

秋華は自分に憑依させれば終わる、と分かっている。

こいつらは知っている。

自分の精神力の弱さを。

支配する気迫(きはく)が足りないことを。

〝さあ、もう逃げ場はない〟

何もない空間のはずなのに目に見えない行き止まりに秋華はぶつかった。

これは七年前と同じ。あの時も逃げに逃げこの場所で捕まったのだ。

(ああ……)

〝さあ、受け入れろ!〟

振り返ると強大な何かが靄(もや)のように浮かんでおり自分を包み込もうとしている。

すると自分の足が自分のものでなくなっていく感触(かんしょく)を覚える。

秋華はその場で蹲(うずくま)る。

耳を押(お)さえて目を瞑る。

そして、すべての感覚を遮断(しゃだん)して口を結んだ。

〝何だい、またお前かよ。まーた、そうやってびびって現実逃避(とうひ)か。進歩がねぇなぁ〟

突然、背後から声が聞こえてきた。

今まで自分を追いかけてきた連中とは違う声。

（え？　誰？）

いや、知っている。いつもの奴だ。こういう時、必ず現れる。

〝その反応も前と一緒だぜ、超ウケんな〟

恐怖で正常な状態ではない秋華は頭がうまく回らない。

〝お前、逃げるにしてもな、逃げ方がしょぼいんだよ。それに俺を誰？　とか聞いているうちはそのお前の家の術は扱えねーぞ。うん？　お、どうやら助かりそうだな〟

〝え!?　それはどういうこと？　あなたが助けてくれるの？〟

（ちげーよ！　チビ！）

そう言うとその声の主は消えた。

暴風で目を細めながら祐人は孟家の人間たちの印を見つめる。

（あ、あれは）

それは堂杜家に伝わる封印、結界術の印と酷似している。

（封印？　結界？　どういうものなんだ？　あれは堂杜では霊力を注入する際に使用するものだ）

霊剣師の家系はむしろ中国に多い。源流はむしろ中国なのだ。

堂杜家は中国から伝わってきた霊剣師の術と日本の修験道、忍びの源流の術が混ざっていると聞いたことがある。そう考えればこちらに似たような印があっても不思議ではない。

この時、琴音が暴風の中に霊圧が含まれ出したのを感じとる。

「堂杜さん、秋華さんが！」

「な！　秋華さんの足が消えて行く」

秋華の体が作り変えられていくかのように足が消え、その代わりに透明の違う足の輪郭が浮かび上がる。

「楽際！　手を貸す！　英雄も来い！」

大威はそれを見ると前に出る。

「はい！」

「大威様！　ですが大威様はお体の調子が」

「もちろん本調子ではない。できれば体に負担をかけたくはないが仕方あるまい！」

大威が参加すると秋華の周囲に展開している魔法陣の数が増した。

「ぬう！　何という強い圧力だ！　一体、どれだけのレベルの幻魔が来ているのだ⁉」

「十数体来ています！　しかも、この中には〝名持ち〟もいるかもしれません！」

「むう！　英雄が憑依に成功したク・フォリンほどのものもか！　秋華は随分と人気者だ

な」

「申し訳ありません、浩然がまだ未熟な故に」

「仕方あるまい！　まだ孟家に来て日の浅い、修行中の身だ。英雄だって似たようなものだ」

するると押され気味だったが大威が参加したことで何とか秋華の霊圧を押し返す。しかし、途中で拮抗している様子だった。

「大威さん！　楽際さん！」

いつの間にか大威たちの背後に来ていた祐人が叫ぶ。

「堂杜君⁉　下がっていなさい！　こちらに来ても君は役には立たない！」

「堂杜、邪魔をするな！」

「いえ、単刀直入に聞きます！　その術は霊力を注入するものですか⁉　私の知っている術に酷似しています！」

「何⁉」

「どうして君がそれを⁉　いや、そうだ！　圏、天、堅、地の順で印を結び、楽際の目の前にある基幹魔法陣に霊力を注入するんだ」

「分かりました！」

祐人は霊力は扱えないが訓練に訓練を重ねて堂杜家管轄の封地の結界、封印術の再強化はできるようになっている。

まさにそれと同じ要領だ。

祐人が大威と楽際の間に入り参加する。

「これは⁉」

「なんと！　凄まじい霊力量だ！」

祐人が参加すると秋華を囲う魔法陣の大きさが倍増する。

「いけるぞ、楽際！」

「はい、浩然、押さえ込んだら秋華様に近寄る幻魔のリンクを切れ！」

「分かりました！」

一気に幻魔の霊圧が収まっていく。

ただ傍観を決め込んでいる俊豪も「ほう……」と感心した表情を見せた。

そして、事態は収束した。

第7章　憑依される者にまつわる者たち

「今、秋華はどうしている、楽際」

「はい、自室で寝ております。外傷などもないのでもうすぐ目を覚ますでしょう。念のため浩然をつけました」

「そうか」

大威は安堵したように椅子に背中を預けた。

今、黄家の屋敷の中庭の離れに大威を始め食事会の時に招かれたSPIRITを除いたメンバーがいる。

丸テーブルを囲み、それぞれの前に中国茶が出されている。

ニイナも同席しており祐人の横に座っていた。ニイナは黄家の許可を得て事情を聞いており、秋華の想像以上の過酷な状況に胸を痛めていた。

「ああ、あとご友人が一緒にいるみたいですな」

「琴音さんね。いい子ね、秋華にはもったいないわ」

雨花が微笑すると大威は祐人を正視して口を開く。

「堂杜君」

「はい」

「まず君には改めて感謝を伝えたい。本当にありがとう」

大威が頭を下げる。

「いえ！　別に僕は当たり前のことをしているだけです」

黄家トップからの丁重な感謝に祐人は恐縮してしまい慌ててしまう。

「ち、父上！　目下の人間に黄家の当主が頭を下げる必要なんてないです！」

「英雄！」

英雄のこの発言に雨花が厳しく叱咤する。

「あなたは堂杜君がその父上の命の恩人と聞いてもそう言えるのですか！」

「え⁉　こいつが父上を⁉」

「そうです。ましてや先ほどの秋華の件だって堂杜君が加勢してくれたおかげで事なきを得たと、あなたが分からない訳はないでしょう。分かっていないのなら未熟すぎて話になりません。分かっているのならその愚かな態度はあなた自身を貶める行為でしかありません」

「……ク」

この会話に怪訝な表情を見せた楽際が大威に顔を向けた。

「命の恩人とは……大威様。先ほど、無理をされてお身体の調子は大丈夫なのですか」

「うむ、まだここだけの話にしてほしいが快方に向かっている。それもそこの堂杜君のお陰だ」

「な、なんと！」

楽際は驚きを隠さずに喜びを露にする。

「堂杜君との約束もある。私の体調が戻りつつあるというのはしばらくしてから公開しよう。ないとは思うが堂杜君と話して調子が戻ったとなると彼が注目される可能性がある。これは避けたい」

「承知いたしました。浩然にも口外いたしません」

「うむ」

「堂杜君、うちの馬鹿息子を許してくださいね。この子の見下し癖は私たちの責任です。それにしてもこの子は何故か堂杜君のことになるといつも以上に感情的になりますね。何かあったのですか？」

「い、いいえ、心あたりは特に」

（あるような、ないような……瑞穂さんに関連しているんだろうなぁ、あはは）

下を向いて拳を握り英雄はギリギリと歯を食いしばる。

ニイナも何となく英雄のことは聞いていたので困ったように笑う。

「ところで堂杜君」

「はい」

「君は何故、あの印を知っていたのかね？」

「それは言えません」

「ふむ」

（仙道使いであることは明かしたのに、それは言えない、と。他に人がいるからか、それとも……いや、関係なさそうだな。どうやら君も色々と背負っているようだ）

この祐人の目に普段とは違う光を感じ、大威はそれ以上の詮索は止めた。

祐人の態度を英雄は驚きを覚えながら見つめていた。

（こいつ、こんな顔もするのか）

自分の考えている堂杜祐人のものではない。たしかにそもそも祐人のことなど知らないに等しい。知ろうともしていなかった。

とはいえ、大祭の時の祐人を見ている。こそこそと自分の目のつかないところへ移動していたのにも気づいていた。その人物像とどうにも噛み合わない。

そして、この目……こういう目をした人間に覚えがある。

（あの人と同じ目をしてやがる。文駿さんと同じ目だ。何故、こいつがあの人と同じ目をしているんだ）

孟文駿は楽際の実の息子だった男で英雄より十歳ほど年上だった。

非常に優秀な人物で楽際の自慢の息子だった。孟家の跡取りとして申し分なく、英雄の秘儀にも立ち会い、ク・フォリンを降臨させたときに大いに力になってもらった。

しかし、その文駿は秋華七歳の時、まさに【憑依される者】修得の秘儀の際の事故で死んだ。

その後、跡取りを失った楽際は縁戚であった浩然を孟家の養子として招いたのだ。

英雄は秋華の暴走を最後まで抑えこもうとした文駿の最期を忘れていない。

いや、忘れるなんてことはあり得ない。

今でも英雄の心にその情景が深く刻まれている。

（文駿さん……あの時、俺は何もできなかった。いや、父上も母上もだ）

一瞬、英雄の脳裏に生前の文駿が思い出される。

文駿はまだ幼い黄家の兄妹の遊び相手をよく務めてくれた。

黄家は強力な固有伝承能力を持つためか、その秘密を手に入れようと数々の間者や邪な考えを持つ人間が取り入ろうとやって来る歴史がある。

そういう経緯から黄家は他者に対し警戒心が強く、親しい間柄といえば孟家を除くと古い付き合いのある王家の人間とその他、僅かの人間しかいない。

特に秘儀を授かる予定の英雄と秋華は極力、他人との関わりを持たぬように周囲からされてきた。

幼き頃、黄家に訪れていた文駿が庭で遊ぶ秋華を眺めながら英雄の横に座る。

「英雄様、もう来年には〝幻魔降ろし〟の秘儀ですね」

「文駿さん、ここには誰もいないよ。様、は止めてって言ったよね。あと敬語も」

「あはは、そうだったね。じゃあ、英雄君、緊張とかしていないかい？」

「うーん、よく分からない。父上は幻魔を従わせる強さを手に入れろ、もっと自信を持てっていつも言うけど強さとかって何なのか……文駿さんは分かる？」

「強さかぁ、それは難しいね。何て言ったらいいのかな、強さのあり方は人によっても違うと思うんだ。だから英雄君は英雄君としての強さを手に入れる必要があるかもね」

「文駿さん、それもっと分からないよ」

「ははは、そうか、ごめんね。そうだね、多分、大威様は英雄君には物凄い才能があるのは間違いないから自信……言い換えれば自分をもっと評価してあげよう、って言っているんじゃないかな。英雄君って結構、何というのかな、自分を評価してない感じがするんだよ」

「だって僕は秋華より覚えが悪いし。霊力量だって僕より秋華の方が多いって家の者が言ってた」

「なるほど、英雄君は秋華ちゃんと比べながら自分を見ていたのか。それでか」

文駿は、英雄が黄家の歴代でも稀有な才能があると喜ばれていたというのに何故か普段から自信のない態度をしていたことを不思議に思っていた。

だがやっと合点がいった、という表情を見せる。

すると文駿は優し気な笑みを浮かべて英雄の肩に手を乗せた。

「英雄君、君の場合、自分のことは自分の目で見よう。君の才能は他人から評価されるレベルを超えている。これは僕が保証するよ。だから誰に何と言われても自分はできるんだって思うんだ」

「う、うん。あ、父上が揺らぐな、ってよく言ってた！　それが何だか分からないけど秘儀で出会う幻魔はこちらの揺らぎをすぐに見抜くって」

「なるほど、大威様のお言葉は重いね。つまり大威様は英雄君が自分の強さを信じきれてないことを歯がゆく思ったんだろうね。それは【憑依(ひょうい)される者】を身につける際にとても重要なことだから」

「ああもう、だからそれが分からないの！　じゃあ、文駿さんの考える強さとか自分を信じるって何？」

「僕かい？　そうだね、僕が自分を評価するときは、まず英雄君と秋華ちゃんの幻魔降ろしを無事に完遂(かんすい)させたときかな。それで英雄君と秋華ちゃんの名前が能力者たちの間に轟(とどろ)けば轟くほど、僕はどんどん自分を信じられて、結果、強くなるかな。だから僕が強さと自信を手に入れられるのは英雄君と秋華ちゃん次第(しだい)だね！」

「何それ？　強さとは関係ないよ」

「あはは、それが僕の孟家としての誇(ほこ)りだから。強さも自信も、強くなる順番も段取りも人それぞれなんだよ」

「むー、文駿さんに聞くんじゃなかったよ。さっきより分からなくなった」

「うん？　あはは！　ごめん、ごめん」

そして、文駿は英雄にク・フォリンを降ろすことを成功させ、秋華の暴走の際には秋華を守った。

己の命と引き換えに。

その時、英雄は秋華の腕に胸を貫かれている文駿に駆け寄った。

そして、涙目で文駿の顔を見つめる。

「英雄様、秋華様は大丈夫、僕が守りましたよ」

「うん、うん！　そうだよ、ありがとう！　でも早く文駿さんも治療を！」

「いいえ、文駿はここまでです。お二人のこれからの活躍をこの目で見られないのは残念ですが、今、僕は自分を褒めてやりたいです。だから泣かないでください。とてもいい気分ですから」

「文駿さん！　駄目だ、死なないで！　楽際さん！　父上！」

文駿は必死に叫ぶ英雄の頭に手を乗せる。

英雄は文駿の目を見つめた。

その文駿の目はとても印象深かった。

命の灯が消えかかっているとは思えない強い光を帯びた目だった。

それが、己の背負う使命と自分の誇りが一致した人間だからこそ輝きを放つ瞳だと知るのはずっと後になってからだ。

「英雄様、いや、英雄君。どうか強くなって欲しい。そして自分を信じるんだ。それが僕のやってきたことに彩が増す。死んだあとだってどんどんね。だから英雄君は生き続けて、僕の生きた証拠に色んな意味を添えておくれ。周囲の言葉なんて気にしない。他人の評価なんて君たち兄妹には意味はないから」

そう言って文駿は目を閉ざした。

「分かったよ！ 僕は絶対に強くなる。文駿さんが守った秋華も僕が守るよ！ どんな奴にも負けない！ 文駿さんが降ろしてくれたク・フォリンで世界を驚かしてやるよ。とにかく生き続けて、文駿さんも伝説にしてやる。黄英雄を生んだ男だって！ 僕は絶対に負けない、誰にも舐められない！ 馬鹿にするやつはぶっ飛ばしてでも黙らせる！ それが！」

文駿の短い人生を素晴らしいものにするのだから。

そして、この日より英雄は何故か自分を「俺」と呼ぶようになった。

英雄はいまだに毅然とした態度を示している祐人の顔を見ている。

祐人はその英雄の視線に気づき英雄と目が合った。

だが英雄は何も言わず、しかし祐人から視線は外さずいる。

(何だ？ 怒って……はいないな)

祐人は英雄の態度に居心地が悪かったが、それだけではない不可思議な印象を覚えた。

すると英雄が口を開いた。

「堂杜」

「うん？」

「父上の質問に答えられないならそれでも構わない。ただ一つだけ教えろ」

「何かな」

「お前には成さねばならない使命があるのか」

英雄の口調としては珍しく静かなものだった。

それは祐人の知っている英雄とは違う、初めて見る英雄の表情だ。

今までは自分をただ見下す、というか視界にも入れていないという印象だった。

それが今は堂杜祐人を初めて認知し、この時に限って言えば対等の人間として相対しているようだった。

「あるよ」

祐人は英雄の視線を外さず、真剣な表情で答えた。

英雄は祐人の目を見つめる。

（この目だ……）

すると英雄は頷き、目を逸らした。

「そうか、ならいい」

英雄はそう言うと黙り、それ以上は何も発しなかった。

この二人のやりとりを大威と雨花は見つめる。

そして雨花はほんの僅かに瞬きよりも長い時間、目を閉じた。

（そうですか、親の言葉は届かなくとも同世代の少年が英雄の何かに触れたのですね。まったく、ときに親は無力ですね）

雨花は大威に視線を移し、大威は頷くと再び口を開いた。

「秋華の件で、皆に相談がある。私は秋華の幻魔降ろしを行うことを考えている」

◆

琴音は未だ目を覚まさない秋華をベッド脇から見つめていた。

（秋華ちゃん）

秋華とは出会ってからというもの、それこそ毎日と言っていいくらい連絡を取り合った。

もちろん、その理由は祐人の件であった。しかし、そう毎日、祐人の話題だけで話せるものではない。

二人はいつも最初に祐人の話をし、その後、他愛もない世間話や自分の考えなどをとり

とめなく話し合う仲になった。

そしてそれが琴音には楽しくて仕方がなかった。何でも話せる友人を得た、ということを実感するだけで琴音は心と体が軽くなった気分になったものだった。

（秋華ちゃんがこんなリスクを背負っていたなんて。家の事情から他人には絶対に言えない事柄なのは分かっています。でも……）

具体的なことは分からずとも友人として秋華の持つ不安や強がりを少しも気づいてあげられなかった自分が情けないと思ってしまう。

琴音は眠る秋華の手を握る。

「早く良くなって目を覚ましてください」

まるで祈るように呟くと孟家の浩然が帰ってきた。

「琴音さん、秋華様のご様子はいかがですか」

「あ、いえ、特に別条はないです。ただやはりまだ目を覚ます気配はないです」

「そうですか……」

浩然は細かい装飾が施された古びた箱を持っており秋華の横の小さなテーブルにそれを置いた。

「琴音さん、そんなに根を詰めないでくださいね。これは黄家と孟家の事柄ですから。三千院のご息女であられる琴音さんに被害が及ぼうものなら大変なことですので」

「被害だなんて……私はただ秋華ちゃんが心配なんです」

　その琴音の様子を見ると浩然はまるで元気づけるように笑みを見せる。

「大丈夫です、琴音さん。いえ、私はまだまだ未熟で義父から毎日、どやされていますが、私も孟家の人間として全力で秋華様のお役に立つつもりですから！」

　浩然が一生懸命に明るく振る舞い、自分を元気づけようとしているのを感じて琴音は少しだけ笑みを見せる。

「今回は不運が重なっています。いきなり襲撃してきたあの訳の分からない奴らが悪いんです。あいつらのせいで秋華様の自己防衛本能が過剰に反応したんだと思います。ですから、これからは私たちがしっかり秋華様を守ればいいんです！　うん！　あ、私は戦闘はからっきしなので黄家の方々にしてもらうことになりますが……」

　最後はばつが悪そうに頭を掻く浩然に琴音は思わず笑ってしまう。

「あ、でも私も命を懸けてでも守りますよ！」

「はい、でも私も友人としてお手伝いします」

　二人はそう言い、お互いの目が合うと笑顔を見せた。

「あ、琴音さん、申し訳ありませんが、これから秋華様に色々と処置をいたしますので」

浩然がそう言うと、琴音はその意味を理解して頷いた。

「分かりました。外に出ていますね」

処置とは何か術式のことだろう。さらに言えば、孟家と黄家にだけ伝わるものである可能性が高い。つまり、部外者には見せられないということだ。

琴音は秋華の手をもう一度握り、完調を祈るような仕草をすると浩然に頭を下げて部屋を出て行った。

浩然は琴音が出て行くのを確認すると、ベッド脇に座り古びた箱に手を伸ばす。

「さてと……」

箱に霊力を流し、何かを唱えると自然とその箱は四方に大きく開いた。

「まったく上手くいかないものです。蛇たちも強化してやってあの様ですか。まあ、ただ大体のきっかけはこの目で確認できましたから良しとしましょうか」

そう言う浩然は笑顔のままだ。

「次は必ず成功させましょう。数分でも構いません」

浩然が箱の中からペンのような祭器を取り出す。

「魔神クラスの顕現を、ね」

浩然の顔は同じ笑顔のままだが、声は喉の奥を鳴らすようなものに変わったのだった。

エピローグ

次の日の朝。

ニイナと祐人（ひろと）はアローカウネが淹（い）れてくれたお茶を前に真剣な顔で座っている。

「堂杜（どうもり）さん、どう思いますか。秋華（あきはな）さんの幻魔降ろしについて」

「反対だよ、もちろん。ただ……」

「そうですね、私たちが口を挟（はさ）む問題ではないです。ですが、本当に上手くいくんでしょうか。昨夜の襲撃の後の状況を聞いて私はむしろ失敗する可能性が高くなったと思いました。それなのにこんな危険な秘儀（ひぎ）を急ぐ理由が分かりません」

昨夜の秋華の暴走未遂（みすい）は明らかに身の危険を感じた時の恐怖に反応した。ニイナは異能について素人（しろうと）ではあるが、何となく想像ができるのだ。この秘儀には恐怖に打ち勝つ精神力が必要なのではないか、と。

そう考えると恐怖を植え付けられたばかりの状態でその幻魔降ろしとやらをするのはタイミングとして最悪なのではないかと思うのだ。

「うん、ニイナさんの言いたいことは分かるよ。ただ以前から三日後に幻魔降ろしをするというのは決まっていたみたいだね。孟家や王家の人たちが来ていたのはそういうことだったんだと思う。もしかしたら夕食会の方がイレギュラーだったのかもしれない」

「そうかもしれないですが、中止か延期にはならないのでしょうか。もっと秋華さんのメンタル面を考える必要があると思います。黄家の方々は一体、何を考えているんでしょうか。正直、普通じゃないです。大事な家族がどうなるか分からない儀式を優先するなんて、能力者の家系の人たちの一般常識が分かりません」

普段は理詰めで考えるニイナが意外に怒っている。

こちらに来てからは秋華に手を焼いていつも文句を言っていたが、こればかりは秋華が心配で感情的になっているのだろう。

それは祐人も同じであったのでニイナの気持ちがよく分かった。

「それは多分、理由があるんだと思う」

「理由ですか……最悪の場合、秋華さんの命が危ないのに、どんな理由があるんでしょう。そんなリスクを秋華さんに背負わせてまで実施する必要があるとは思えないです」

「うん、その通りだよ。だからおそらく」

そう言いかけて祐人が目を落とす。

その祐人の様子を見てニイナが怪訝そうな顔をする。嫌な予感がしたのだ。

「【憑依される者】という術は完成しなければ、いずれ幻魔に乗っ取られるか、殺されるか、もしくはそれ以外の深刻な状況を招くか、いずれかのリスクがあるのかもしれない」

「まさか」

祐人の恐ろしい言葉にニイナが言葉を失う。

「いや、ごめん、想像だよ。ただ【憑依される者】という術の性能を考えるとそれ相応のリスクは考えられる。それにそれ以外はニイナさんの言う通りで、なんのリスクもないのなら急ぐ理由はないはずなんだ。それなのにこんなに性急で最悪のタイミングなのに強行しようとすることを考えると」

ニイナは深刻な表情を見せた後、静かにティーカップに口をつけた。

そして頭のどこかで祐人の予想はあり得ると思ってしまう。

（まったく、私は一般人なのに考えが能力者たちに毒されてきてしまったのかもしれないです。ただ何でしょうか、考えるべきはそこだけではないという気がするんです）

ニイナはこれら一連の出来事を振り返る。

（物事の事象には必ず偶発的なものと計画的なものがあるはず。それは一般人だろうが能力者だろうが変わらないはずよ。だっておかしなことが多すぎる。おかしなことが起きた

場合、それは高確率で何か裏があるんです）

するとニイナは頭を回転させる。

この時、政治や経済を幼き頃から学んできたニイナはニイナらしい切り口で今回の襲撃、秋華の暴走未遂も含めてまとめだす。

「ニイナさん？」

祐人は突然、考え込むように黙ってしまったニイナに声を掛ける。しかし、ニイナは返事をせず、というより考えに集中して聞こえていないようだ。

「堂杜様」

するとアローカウネが祐人に声を掛ける。

「少々、お待ちください。ニイナ様はお考え中です。堂杜様はただニイナ様の質問にだけ答えることを勧めます。こういう時のニイナ様はとても頼りがいがあります」

「はい？」

「黙っていろ、ということです。あと今度、ニイナ様を危ない目に遭わせたら、私は相打ち覚悟で堂杜様とお話するということです、はい」

「は、はい」

笑顔のアローカウネにそう言われ、祐人は引き攣った顔で頷いた。

ニイナは考えを進めている。

起きている事実のみから可能性だけを想像していた。

まずは時系列で出来事を並べ、偶発的か計画的かの可能性を探る。そして特に計画的ならばどういう狙いがあるのか、だれが得をするのか、得と考える組織、人物はいるのか。

それと同時にそれぞれの出来事を思い浮かべ、狙いのベクトルを絞っていく。

考えは多岐に亘り可能性は無限に広がっていくが、人間がすることには必ずストーリーがあるはずだ。

（エピソードを並べるの。堂杜さんの護衛の依頼から始まったわ。堂杜さんは襲われた。当主は病で動けなかったのが堂杜さんに回復させた。当主の病は一部の者しか知らされていない秘匿事項。夕食会。招かれた面々。突然、秋華さんは襲われた。そして暴走しかけた）

「堂杜さん」

「うん、何？」

「今回の食事会の際の襲撃ですが、これをどう思いますか？　私が思うにこの襲撃に関してはおかしなことが多すぎます。ここに何かがあるように思えて仕方がないです。ここを整理したいです」

「うん、そうだね。それは本当にそうだ。僕も気になっていることが多い」

「はい。まず、今回の襲撃ですが、こんなことはよくあるんでしょうか」

「それは僕も気になって聞いたんだけど襲撃自体はたまにあると言っていたよ。【憑依される者】に限らず固有伝承能力の情報はどこも喉から手が出るほど欲しい。それで潜入を試みるものは昔から後を絶たないって言っていたから」

「そうですか。ではあの時、私には秋華さん一人に絞って襲いかかってきたように見えました。その理由は何でしょうか」

「うん、尋問した〝蛇〟って奴らから吐かせた話だと現在、黄家直系で【憑依される者】を習得していないのは秋華さんだけだ。直系だけが修得できるということはほぼ間違いないと想像できるから、その秘密を知るのに最も戦闘力のない秋華さんを連れ去ろうとしたんだと言っていたよ」

「ふむ、では黄家は能力者の家系では名家ですよね。それがこんな簡単に警備を突破できるんでしょうか」

「いや、普通に考えて無理だね。相当な手練れでなければ敷地内に入るのも不可能だと思う。それは黄家も伊達じゃないしね。この家に来た時に何人か従者の人たちを見たけど皆、中々の実力者だったと感じたから」

「では、堂杜さんから見て敵は相当な手練れでした？　黄家を相手にしても遜色ないほど」

「結論から言うと手練れだったよ。雨花さんや英雄君、それと今の大威さんならともかく、従者たちには手に余ると思う」

「そう、英雄さんたちには敵わないのね。うん？　今の大威さん？」

ここでニイナは目を細める。

これがおかしいと思う大きな疑問だった。

祐人の話で謎は解けないが、ここで一つ確実におかしいことが確定した。

祐人はニイナの表情からおそらく自分と同じ疑問をニイナが考えていると憶測した。

しかし今はアローカウネに言われた通り、ニイナの質問に答えていく。ニイナの考えがまとまるまでそうしていくことが良いだろうと考えたのだ。

「ただこいつらは数ヵ月前から調査して機会を探っていたと言っていた。だから今、ここ最近で黄家の敷地内に出入りしたことのある人物や業者に不審な者がいないかを調べているって言ってたよ」

「ということは事前に綿密に調査していたと。では昨日に襲撃すると以前から決めていたということですね」

「そういうことになるね」

「あの場にいたＳＰＩＲＩＴの方々や孟家の方々、あと俊豪さんたちについてはどうなんですか？　やはり相当強いんですよね」

そう、ここがニイナと同じく祐人も疑問が晴れないところだった。

何も言ってこないが大威や雨花も同じことを考えているはず。

「正直に言うと分からない。でも俊豪さんはランクＳＳだ。強いなんてものじゃないと思う。あとＳＰＩＲＩＴの人たちはアメリカの能力者部隊の幹部のようだから弱いわけがないと思う。唯一、孟家の人たちに限っては戦闘向きではない可能性があるから何とも言えないかな」

この時、ニイナの目に力が籠もる。

段々、疑問点が整理されてきた。

（でも今は疑問が疑問を呼んでいる状態です。もっと材料が欲しいです。損得のベクトルがまだ絞れない）

あとは祐人の聞いたことと着眼点、判断力、そして経験を頼りたい。

「堂杜さん、その人たちの雇い主については？」

「仕事を仲介屋から紹介されただけで知らないと言っていた。まあ、それは裏稼業ではよくあることかな」

「分かりました。では堂杜さんが不審に思ったことはないですか？」

「不審に感じたこと？」

「何でもいいです。今回の件とは関係ないと思うことでも構いませんし、私と考えが被っているかもしれないとの遠慮もしないでください」

「うん、分かった。まずは襲撃のタイミングがおかしい。これはニイナさんも感じていることだろうと思うけど、黄家の直系たちが集まる場所に、しかもこれだけの大物が集まっているところに襲撃をしてくるだろうか、というところだ」

祐人の意見にニイナは同意するように頷く。

「さらに言えば、それは尋問の時に言った綿密に調査しているというところと矛盾する。それなら奴らはすぐに来客に気づいて襲撃を取りやめるはず。〝失敗〟イコール自分たちの〝死〟に繋がるような状況で、ただの雇われ、がこんな無理を仕掛けてくることが異常だよ」

「それはその通りですね。他に何かありますか」

「そうだね、気になったのはあいつらがとった作戦だよ。あいつら三人はあの時、一人は当然、狙いの秋華さんに襲い掛かった。そして残りの二人は雨花さんと僕に来たんだ。おそらく足止めか、先に片付けるという意味だろうけど」

「どういうことですか？」

「うん、あいつらは俊豪さん、ＳＰＩＲＩＴ、孟家、なによりも大威さんには目もくれなかったんだ」

この祐人の説明にニイナは怪訝な表情を見せる。

「おかしいと思わない？　まるでＳＰＩＲＩＴ、孟家、俊豪さんは絶対に邪魔をしないと分かっていたかのような動きだ」

「そうですね。でも何故、誰も助力しなかったのでしょうか。ＳＰＩＲＩＴの方々は分かります。黄家の問題に巻き込まれたくはないですし、もし、襲った側が他の有力な能力者だとした場合、黄家への助力が他から思わぬ恨みを買う場合があります。正当防衛にでもならない限り、動かないと想像はできます。ですが」

「孟家と王家の人たちは違うかもしれないよね。少なくとも断定はできないはず。孟家の人たちは戦闘力が低いから無視、と考えたとしても俊豪さんの介入はあり得る。まあ実際はまったく介入してこなかったけど」

「理由は何でしょう」

「俊豪さんは金にならないこと、言い換えれば依頼以外では無関心なんだって聞いたよ。徹底的にそこはブレないんだって。それは親しくても関係ないみたい」

「変わった人が多いですね、能力者は」

嘆息しながらニイナは言うが、頭はフル回転している。

この話で重要なところはそこではない。

「でも、それを知っているとしたら凄い情報量です。恐ろしいほどの」

「それだけじゃない。もし、その情報があったとしても普通に考えてあの場で一番厄介と思うなら大威さんでしょう。それなのに僕と雨花さんを真っ先に警戒した」

「え……でもそれは体調を崩しているという情報が漏れていたんではないでしょうか」

「それはあり得る。でも昨日話した感じだとこの件についてはかなり厳重に隠していた。秋華さんが普通に話してきたから僕らはそう感じてしまうかもしれないけど、よく考えたらトップシークレットだったはず」

ニイナはハッとした。

祐人の言いたいことが分かる。

「たしかにこれは他の情報と質が違います」

「それに大威さんは病床に臥せっているわけじゃなく普段から普通に暮らしていた。まあ、そう演じていたことを考えると中々、外に漏れるはずはない。事実、従者の人たちですら気づいてなかったようだし」

「ということは」

「うん」

内通者がいる可能性が高い、ということだ。

しかし、この点についてニイナはすぐには答えが浮かばない。

というのも、その情報を漏らしたとして何の得があるのか、ということだ。

この損得のベクトルが分からない。

黄家に損をさせたいというベクトルがあるなら分かる。

分かりやすいところで言えば黄家を恨み、潰したいという考えだ。

今回は秋華を攫い、【憑依される者】の秘密を暴くため。

たしかにそう考えれば黄家の損害は測り知れない。

(でも何かしら、どうにも違和感が消えないです。しっくりとこないんです。どうしても綺麗に繋がらない)

これだけの情報を外に出せる可能性のある人間は少ない。

黄家直系か孟家の当主、楽際。そしてあるとして王家の人間。

個人的な深い恨みとなれば分かるが、結果は秋華を襲撃して暴走を起こしかけ、その際には皆、それを止めようと尽力していたように見える。

しかし、それは当然だ。もし暴走してしまえば自分たちの命も危ない。

再びニイナは考え込む。

同時に祐人も思案を始めた。

祐人も今回の黄家襲撃をいつものたまにある襲撃だったと考えるにはおかしいところが多いと思う。

しばらくするとニイナは鋭い視線を上げた。

（あ……）

ニイナの頭の中で今回の事象だけではない数々のものが浮かび、最後に浮かんできたのは何故かスルトの剣だった。

「まさか……目的が違う？」

あとがき

魔界帰りの劣等能力者十一巻をお手に取っていただき誠にありがとうございます。

新章、第5章が始まりました。いかがでしたでしょうか。楽しんで頂けると嬉しいです。

突然ですが、今巻でも活躍しています秋華と琴音って結構人気があるんです。

前章から出てきた新しいキャラでかなり濃いキャラクター性があるので意外な印象はあったのですが作者としては嬉しい限りですね。

彼女たちの成長もこの章で見られると思いますので、そのあたりも注目していただけたらと思います。

さて十一巻目の舞台は黄家に移りました。黄家は「魔界帰り」の中で一巻から名前の出てきた能力者家系です。作者としてもいつしか語ろうと思っていた家系ですが、まさか章まるごとになるとは思っていませんでした。これは秋華効果かもしれませんね。

今後、まだ語られていない世界の能力者家系や機関所属の能力者、加えて国家所属の能力者たちが出てくるでしょう。

そういった流れの始まりの章となりますので期待してください。

それではまた次巻でお会いしましょう。


皆様の応援はとても力になっております。ありがとうございます。

また、ＨＪ文庫の編集の皆さま、営業の方、担当のＳさん、そして神イラストばかりくださるかるさんに感謝を申し上げます。

誠にありがとうございました。

祐人が秋華に
仙術の修行をつける!?

想定外の襲撃の連続により起きてしまった秋華の暴走。祐人の力でどうにか最悪の事態を防ぎ、秋華も無事に目を覚ましたものの、幻魔降ろしの儀はすぐ3日後に行われることに。儀式を行う秋華の覚悟を知った祐人は、少しでも危険を減らすため秋華に修行をつけることにして――

最弱劣等の魔神殺しが秘密を抱えた少女を育てる、第12弾!!

魔界帰りの劣等能力者 12

{幻魔降ろしの儀}

The inferior in ability who returned from the demon world

2023年冬、発売予定!!

魔界帰りの劣等能力者

11. 悪戯令嬢の護衛者

2023年6月1日　初版発行

著者——たすろう

発行者—松下大介
発行所—株式会社ホビージャパン

〒151-0053
東京都渋谷区代々木2-15-8
電話　03(5304)7604（編集）
　　　03(5304)9112（営業）

印刷所——大日本印刷株式会社

装丁——小沼早苗（Gibbon）／株式会社エストール

Printed in Japan

ISBN978-4-7986-3191-2　C0193